Patrick Modiano

Encre sympathique

隐形墨水

〔法〕帕特里克·莫迪亚诺 著　史烨婷 译

人民文学出版社
PEOPLE'S LITERATURE PUBLISHING HOUSE

著作权合同登记号　图字 01-2023-3200

Patrick Modiano
Encre Sympathique
ⓒ Éditions GALLIMARD，2019

图书在版编目(CIP)数据

隐形墨水/(法)帕特里克·莫迪亚诺著；史烨婷译．—北京：人民文学出版社，2023
(莫迪亚诺作品系列)
ISBN 978-7-02-018173-5

Ⅰ.①隐… Ⅱ.①帕…②史… Ⅲ.①中篇小说-法国-现代 Ⅳ.①I565.45

中国国家版本馆 CIP 数据核字(2023)第 144966 号

责任编辑	卜艳冰　郁梦非
装帧设计	汪佳诗
出版发行	人民文学出版社
社　　址	北京市朝内大街 166 号
邮　　编	100705
印　　刷	凸版艺彩(东莞)印刷有限公司
经　　销	全国新华书店等
字　　数	68 千字
开　　本	850 毫米×1168 毫米　1/32
印　　张	4.25
版　　次	2023 年 8 月北京第 1 版
印　　次	2023 年 8 月第 1 次印刷
书　　号	978-7-02-018173-5
定　　价	58.00 元

如有印装质量问题，请与本社图书销售中心调换。电话：010－65233595

想要记住的人,必得将自己付于遗忘,付于彻底遗忘的风险,同时也是付于这记忆变成的美丽偶然。

莫里斯·布朗肖

地点译名对照表

公会路	Rue de la Convention
沃日拉街	Rue Vaugelas
维克多·雨果大街	Avenue Victor-Hugo
雅弗尔站	Station Javel
奥蕾芙花店	Orève
歌剧院广场	Place de l'Opéra
拱廊路	Rue de l'Arcade
卡普辛大街	Boulevard des Capucines
上萨瓦省	Haute-Savoie
阿讷西（城镇名）	Annecy
沃日拉尔路	Rue de Vaugirard
格尔奈尔河滨路	Quai de Grenelle
海员舞厅	Le dancing de la Marine
奥利维耶-德-赛尔路	Rue Olivier-de-Serres

里昂火车站	Gare de Lyon
布拉德福德酒店	Hôtel Bradford
维庭餐馆	Cook de Witting
维特吕弗路	Rue Vitruve
布吕恩大道	Boulevard Brune
费里希戴路	Rue de la Félicité
伊冯-维雅尔索路	Rue Yvon-Villarceau
维耶尔宗（城镇名）	Vierzon
索洛涅李树镇	Pruniers-en-Sologne
橡树-莫罗城堡	Château de Chêne-Moreau
科尼亚克-杰路	Rue Cognacq-Jay
米拉波桥	Pont Mirabeau
快帆饭店	La Caravelle
巴黎-安茹路	Paris-rue d'Anjou
马图林路	Rue des Mathurins
迈松阿尔福（城镇名）	Maisons-Alfort
卡尔诺路	Rue Carnot
玛德莱娜站	Station Madeleine
爱德华七世剧院	Théâtre Édouard VII
布洛涅森林	Bois de Boulogne
勒瓦卢瓦-佩雷（城镇名）	Levallois-Perret

梅杰夫（城镇名）	Megève
阿尔布瓦山	Mont d'Arbois
黎世留-德鲁奥十字路口	Carrefour Richelieu-Drouot
主教咖啡馆	Café Cardinal
索梅耶路	Rue Sommeiller
黎世留路	Rue de Richelieu
阿尔比尼大街	Avenue d'Albigny
韦里耶-杜-拉克（城镇名）	Veyrier-du-Lac
马尔基萨海滩	Plage des Marquisats
施密特别墅	Villa Schmidt
皇家路	Rue Royale
拉克吕萨（城镇名）	La Clusaz
夏瓦尔（城镇名）	Chavoire
阿莱克斯（城镇名）	Alex
罗伯特-埃蒂安路	Rue Robert-Estienne
阿尔伯尼广场	Square de l'Alboni
泉水巷	Passage des Eaux
布兰奇广场	Place Blanche
克利希大街	Boulevard de Clichy
拉塞路	Rue de l'Essai
斯科罗法大街	Via della Scrofa

威尼托大街	Via Veneto
弗拉米尼亚大街	Via Flaminia
共和广场	Piazza Esedra
波波洛广场	Piazza del Popolo
巴黎咖啡馆	Café de Paris
精益酒店	Hôtel Excelsior
毕达哥拉广场	Piazza Pitagora
台伯河滨路	Quais du Tibre
奥罗拉大街	Via Aurora
弗拉米尼奥广场	Piazzale Flaminio
吉昂·多米尼克·罗马尼奥西大街	Via Gian DomenicoRomagnosi
罗萨蒂咖啡馆	Café Rosati
芒通-圣-贝尔纳（城镇名）	Menthon-Saint-Bernard
品奇阿纳门	Porta Pinciana

此生之中总有空白，那些翻开"档案"时引人猜想的空白。"档案"是薄薄一页，装在随时间流逝而逐渐泛白的天蓝色文件夹里。曾经的天蓝色，已经发白。"档案"一词写在文件夹中央。墨色深黑。

这是于特的事务所留给我的唯一纪念，证明我曾经在那个窗口朝向院子的旧式三居室公寓里待过。那时我不过二十出头。于特的办公室在最里面那个房间，装档案卷宗的柜子也在那里。为什么是这份"档案"，而不是另一份？也许，就是因为那些空白。还有，它并不在放卷宗的柜子里，而就在那里，被随手丢在于特的办公桌上。如他所言，一个悬而未决的"案子"——它会永远是个悬案吗？——这也是他聘用我来"试工"（用他的话说）的那天晚上，他跟我谈的第一个案子。几个月后，另一个夜晚的相同时间，当我放弃这项工作，彻底离开事务所的时候，我瞒着于特，在和他道别后，悄悄地把随意放在他办公桌上的天蓝色文件夹里的这页档案放进了自己的公文包。作为纪念。

是的，于特交给我的第一个任务就是关于这页档案的。我得去15区的一幢大楼的门房处询问门房太太，有没有一个叫诺埃尔·列斐伏尔的人的消息，一个给于特出了双重难题的人：她不只是忽然失踪，她的真实身份甚至都还不确定。去过门房之后，于特还让我带着他给的一张卡片去邮电局。卡片上标着诺埃尔·列斐伏尔的名字、地址和照片，用来取那些留局自取的邮件。这个名叫诺埃尔·列斐伏尔的人把它忘在了住所。接着我得去一个咖啡馆，打听人们最近有没有在那儿见过诺埃尔·列斐伏尔，还得坐在那里直到黄昏，以防诺埃尔·列斐伏尔出现。这些事情都发生在同一个街区，同一天。

大楼的门房太太很久才来应门。我敲着门房的玻璃窗，越敲越响。门开了道缝，一张困倦的脸从后面探出来。我一上来就觉得她对"诺埃尔·列斐伏尔"这个名字没什么印象。

"您最近见过她吗?"

结果她用干巴巴的声音回答我:

"……没有,先生……我有一个多月没见过她了。"

我没敢再问别的问题。也许是没时间问,因为她立刻关上了门。

在邮局,工作人员仔细看了我递给他的卡片。

"先生,但您不是诺埃尔·列斐伏尔。"

"她不在巴黎,"我对他说,"她让我来取她的信件。"

于是,他起身,走到一排格子架前,看了看上面为数不多的信件,回过身冲我摇头。

"没有诺埃尔·列斐伏尔的信。"

我只好去于特跟我说的那个咖啡馆了。

晌午刚过。小小的咖啡馆里没有什么人,除了一个男人,在柜台后看报。他没见我进来,继续看报。我不知道该如何起头提问。好像就直接把有诺埃尔·列斐伏尔名字的卡片递给了他?于特让我做的事情令我有些尴尬,我腼腆的个性适应不了。男人抬起头来看着我。

"您最近没见过诺埃尔·列斐伏尔吗?"

我好像讲得太快了,快到句子都没说全。

"诺埃尔？没有。"

他回答得那么简短，我差点要接着问他几个关于这个人的问题了。但我怕引起他的戒备心。于是，我在人行道上窄小的露天座位里挑了一张桌子，坐了下来。他过来点单。这是个打听更多消息的时机。一些无关痛痒的句子在我脑子里盘旋，可以从他那里问出些确切的消息。

"我还是等等她吧……诺埃尔可说不准……您觉得她还住在这个街区吗？要知道她约我在这里见面……您认识她很久了吗？"

可是当他端来我点的石榴汁时，我什么也没说。

我掏出于特给我的那张卡片。今天，一个世纪之后，我在克莱尔枫丹牌笔记本的第十四页停下笔来端详这张"档案"里的卡片。"准予无附加费用代为收取留局自取邮件凭证。许可事项1号。姓：列斐伏尔。名：诺埃尔，现居巴黎15区。地址：公会路88号。持证人照片。准予无附加费用收取留局自取邮件。"

照片比那种简陋的一次性成像照大很多。颜色过深。说不出她眼睛的颜色。也确定不了头发的颜色：褐色？浅栗色？坐在咖啡馆露天座位的那个下午，我极尽专注之能事，盯着这张线条模糊的脸，我不确定能认出诺埃尔·列斐伏尔。

我记得那是早春时节。小小的露天座位沐浴在阳光里，不一会儿天阴了。露天座位的挡雨棚为我遮雨。当人行道上出现疑似诺埃尔·列斐伏尔的身影时，我就会盯住她，看她会不会走进咖啡馆。关于怎样搭讪，为什么于特没有给我更精确的指示？"您自己看着办吧。盯个梢，我得知道她是否还在这个街区转悠。""盯梢"这个词让我笑出声来。于特静静地看了我一会儿，皱着眉，一副怪我轻浮的样子。

下午慢慢过去，我还坐在露天座位的一张小桌边。我想象着诺埃尔·列斐伏尔从住处出来走到邮局，又从邮局走到咖啡馆。她可能还会去街区里其他地方：电影院，几家小店……两三个她常在路上遇见的人本该能够证明她的存在。或者有一个和她一起生活的人。

我想着：每天都要去一趟邮局。总有一封信最终会落到我手上，永远到不了收件人手里的那些信中的一封。她没留地址就走了。或者，我在这个街区租个酒店房间住一段时间。遍寻这个区域，包括她的住处、邮局和咖啡馆，还可以以核心地带为圆心扩大搜寻范围。我会留意人行道上来来往往的人，熟悉他们的面孔，就像盯着钟摆看的人，随时准备抓住最为转瞬即逝的波纹。只要有点耐心就够了，而在我人生的这一时期，我感觉自己能不顾日晒雨淋，一个小时接一个小时地等下去。

几个客人走进了咖啡馆，他们之中没有诺埃尔·列斐伏尔。透过我背后的橱窗玻璃，我观察着他们。他们坐在软包长凳上——只有一个例外，他站在柜台前和老板聊天。这个人一到，我就注意他了。他应该和我同龄，总之不会超过二十五岁。高大，褐色头发，身穿羊毛翻皮外套。老板用不易察觉的动作指了指我，他顺势盯着我看。但我们中间隔着橱窗玻璃，我轻微转过头，就能装作什么也没看见。

"先生，请问……先生……"

我有时在梦里听见这样的招呼声，假装温柔的语调，暗含威胁。是那个穿羊毛翻皮的年轻人。我装作没留意。

"请问……先生……"

他的语调更生硬了些，就像当场抓住你在做坏事的人叫你的声音。我抬头看他。

"先生……"

我吃惊于他使用"先生"这个字眼，尽管我们年龄相仿。他的行径紧张，我感到他对我有所戒备。我朝他粲然一笑，但这笑容好像令他恼火。

"听说您在找诺埃尔……"

他站在那儿,就在我的桌前,像是想要挑衅我。

"是啊。您也许能告诉我一些她的消息……"

"凭什么?"他傲慢地问我。

我真想站起来就走,留他呆立原地。

"凭什么?好吧,我是她朋友。她让我替她去取留局自取信件。"

我把那张卡片拿给他看,上面用订书机订着诺埃尔·列斐伏尔的照片。

"您认识她?"

他凝视着照片,然后伸出胳膊,像是要来抓那张卡片。但我一下子阻止了他。

他最终还是坐到了我的桌边,或者更像是他任由自己跌到了柳条椅里。我看出来他现在拿我当回事了。

"我不懂……您去邮局帮她取信?"

"是的。就在公会路上的那个邮局,稍远一点儿。"

"罗杰知道吗?"

"罗杰?哪个罗杰?"

"您不认识她丈夫?"

"不认识。"

我想,在于特的办公室里,我读那页档案读得太快了,短短一页，只有三段。然而，我印象中上面并没有说明诺埃尔·列斐伏尔已婚。

"您是说罗杰·列斐伏尔？"我问他。

他耸了耸肩。

"完全不是。她丈夫叫罗杰·比阿维沃尔……您呢，您到底是谁？"

他凑近我的脸，用咄咄逼人的目光盯着我。

"诺埃尔·列斐伏尔的一个朋友……我只知道她婚前的名字……"

见我说得如此平静，他的情绪也缓和了一些。

"真奇怪，我从来没见过您和诺埃尔一起……"

"我叫埃邦，让·埃邦。我才认识诺埃尔·列斐伏尔几个月。她从没和我说过她结婚了。"

他沉默着，看起来相当失望。

"她叫我去邮局帮她取信。我觉得她不住这个街区了。"

"住这里的，"他用低沉的声音说道，"她和罗杰曾住在这个街区，沃日拉街13号。后来，我就没有她的消息了。"

"您尊姓大名？"

我立即后悔以这种生硬的方式问了他这个问题。

"热拉尔·穆拉德。"

显然，于特的档案里有好多遗漏。完全没有提到这个热拉尔·穆拉德。也没有罗杰·比阿维沃尔,这位诺埃尔·列斐伏尔所谓的丈夫。

"诺埃尔从没和您提过罗杰?也没提过我?这还挺奇怪的……我叫热、拉、尔、穆、拉、德……"

他一字一顿,响亮地重复了自己的姓名,就好像他要一劳永逸地使我相信他的身份,并唤起我的记忆,或者更像是想要说服我热拉尔·穆拉德有多重要。

"……我感觉我们在聊的不是同一个人……"

我挺想回答他,让他放心,告诉他他是对的,毕竟在法国肯定有许许多多诺埃尔·列斐伏尔。然后我们就能相安无事地告别了。

我试着大致写下那天下午和那个名叫热拉尔·穆拉德的人的对话,但那么多年过去了,记忆里只剩下一些片段。要是一切都录在磁带上就好了。这样,现在听来,我就不会觉得我们的对话发生在久远的过去,而是属于永恒的现在。我们大概会在持续的底噪上听到背景的杂音,公会路上春天午后的嘈杂声,甚至是旁边学校孩子们放学的声响——这些孩子现在应该已经是有一定年纪的大人了。这劈头盖脸的当下,完好无损地穿越近半个世纪的时光,本可以让我更好地理解自己那一时期的精神状态。于特在他的事务所里给我提供了一个职位——相当次要的职位，我原本完全不想向这个方向发展。我曾以为这份临时的工作会带给我各种素材，好在我将来进行文学创作时给我灵感。这是某种意义上的生活学校。

他跟我解释说，几周前，来了一位"顾客"，就是显示在档案最上面一行的那位：布莱诺斯，维克多·雨果大街194号。这人请他调查诺埃尔·列斐伏尔失踪一案。而我，每次去留局自取信件的窗口，都希望能有一封写给诺埃尔·列斐伏尔的信或是发给她的电报带给我们线索。在咖啡馆的露天座位，时间分秒流逝，我重燃一丝希望。总觉得她必定会在什么时候出现。

时间已近黄昏，热拉尔·穆拉德还在我对面坐着。

"我们聊的是同一个人。"我对他说。

我又把取邮件的卡片递到他面前。他仔细看了很久。

"的确是她。但为什么是在公会路？她和罗杰住在沃日拉街。"

"您不觉得这是她婚前住过的地方？"

"罗杰跟我说过，他遇见诺埃尔时，诺埃尔刚来巴黎。"

于特搜集的信息很是粗略。他肯定是匆忙写下了那页档案，就像一个坏学生赶假期作业。

"那您呢，我很想知道您是在哪儿认识诺埃尔的……"

他再次用怀疑的目光打量我。这猫鼠游戏终究让我疲惫，我几乎要告诉他实情了。我思考着该怎么说：档案页……事务所……这些词令我局促不安。甚至"于特"的名字也让我不自在，因为这名字听上去有一种我之前并未察觉的令人不安的音色。我什么也没说。我及时忍住了。接着，我想我因为没有向他揭穿自己的真面目而感到如释重负，就像一条腿跨过桥护栏打算跳下去最终又放弃的人。是的，如释重负。还有一丝轻微的眩晕感。

"几个月前，我在一个叫布莱诺斯的人那里认识了诺埃尔·列斐伏尔。"

这个名字就是于特接待的那个人，就是那个人想知道诺埃尔·列斐伏尔失踪的原因。但很遗憾，那天我不在事务所。于特完全没有跟我描述过这个男人。

"您认识布莱诺斯吗？"我问他。

"不认识。我从没听诺埃尔或罗杰提起过这个人。"

他肯定在等我跟他说更多关于这个男人的细节，但我对这人一无所知。那页写着他名字的档案上只有他的地址：维克多·雨果大街194号。于特在派我来实地调查之前本该给我一些关于这位"客户"的信息的。

我不得不继续编，试着用假的信息换回真相。当然，我一直喜欢介入别人的生活，出于好奇，也出于想要更好地了解他们的愿望，解开他们生活的谜团——他们自己往往做不到，因为他们身在其中，而我的优势在于只是一个旁观者，或者用司法辞令说，一个证人。

"布莱诺斯……是个医生……去年五月的一个下午，我在他诊所的候诊室里认识了诺埃尔·列斐伏尔……"

他皱起了眉头，对我半信半疑。

"维克多·雨果大街194号……去年五月……"

我试着搜索别的细节让他相信我没有说谎，但我承认，那天我发挥得不好。我失手了？

"我觉得她希望那位布莱诺斯医生给她开个药方……"

"什么药方？"

我回答不了。早知如此，我就应该在坐地铁到雅弗尔站之前，就在本子上写点儿笔记，那种备忘录式的笔记。不要临场发挥。"布莱诺斯医生"……这听上去就很假。

"她很焦虑……她担心她的工作……她需要镇静剂……"

"您真的相信？在兰姿有份工作，她还松了一口气呢……"

兰姿？可能是歌剧院广场那家很大的皮具店。是时候冒险打探更多的消息了，按照扑克玩家的说法，虚张声势一下。

"她告诉我，她不喜欢每天早晚坐地铁上下班……从她家到歌剧院广场的兰姿皮具店，得换两次车，对吧？"

他点了点头，好像是表示肯定。是的，我猜对了。可在这一日的黄昏，我忽然丧失了继续赌下去的勇气。我很可能会因为盲目冒进而误入歧途。

"的确如此，"他说，"她经常抱怨去兰姿的地铁路线……住在这个街区就是不方便……"

"那罗杰呢，他做哪行？"

我漫不经心地问出这个问题，就像我其实并不在意答案。这是于特教我的让别人开口的方法。"要不然，"他对我说，"他们可能会非常抵触。"

"罗杰？噢，差不多什么都干……我认识他的时候，他在一家搬家公司当司机……然后他去了奥蕾芙，16区的一家花店……几个月前，我帮他在一家剧院找了个舞台监督助理的工作……"

他一边细数这个罗杰做过的工作，一边流露出某种崇拜之情。

"罗杰总能东山再起……"

显然，这应该是他和罗杰经常重复的一个词，某种暗号。但甫一出口，他的笑容就僵住了。

"现在，天晓得他在哪儿……我最后一次见到他时，他跟我说要去找诺埃尔……"

"她第一次失踪？"我问道。

"是的。一天夜里，她没回沃日拉街。第二天也没回。我陪罗杰去了兰姿店里。那边的人什么都不知道。"

"您和她丈夫，你们对于可能发生的事情一点头绪都没有？"

我用了一种笼统的方式提问——"可能发生的事"，为了让他放下戒备，信任我，告诉我实情。这还是于特教我的：不要问太过确切的问题。在问询中避免所有的敌意。"水到渠成"地问出东西来。

我感觉到他的一丝不安，一分犹豫。

"'可能发生的事情'，您什么意思？"

是的，他显然感到不自在了，好像他怀疑我知道些什么。但是什么呢？我宁可对他耸耸肩。沉默不语。

"您呢，您从事什么工作？"

我用了一种轻松的语调。我对他微笑。我感到自己又一次唤起了他的警惕心，而他也许对我隐瞒了关于诺埃尔·列斐伏尔、她丈夫和他本人的一个细节。两个人不会倏忽不见，而他们的熟人对此毫无头绪，连一个模糊的想法都没有。

"我？我是喜剧演员。我上波普利克斯的课有一年了。"

"效果怎样？"

我可能没掌握好分寸，问了他一个太突然的问题。

"我在电影里当群众演员，"他干巴巴地说道，"这样我就能交得起学费。"

我从没听说过波普利克斯的课程。之后的几天，我打听了一下这门课，现在才能准确地拼写这个名字：波普利克斯，戏剧艺术教师，巴黎第8区，拱廊路37号。这就解释了他的某些表情、姿势和动作为何略显刻意，肯定是在波普利克斯的课上学来的。

"那么，您经常和诺埃尔见面？我真是不懂她怎么从没和您提过罗杰……"

他可能想知道诺埃尔·列斐伏尔和我之间到底是哪种类型的关系，这令他担忧。

"她总还是会跟您聊她的生活吧？"

"完全不聊"，我对他说，"我们只见过三四次……晚上，她从兰姿下班后……在对面的咖啡馆里，卡普辛大街上的那家……"

在档案页的最上面，标着她的出生日期和出生地，但出生地并不确切:"上萨瓦省,阿讷西附近的一个村子"。

"我们发现我们出生在同一个地区。阿讷西附近。我们经常谈起这事儿。"

他好像并不知道诺埃尔·列斐伏尔人生的这一细节,也并不在意。但我确定于特的想法和我一样:必须搞清楚人们出生在哪个街区,哪个村子。

"她让您去取的那些留局自取的信件,能是谁写给她的呢?"

"完全不知道。我发现在这些信的信封上,总是同一种字体……用佛罗里达蓝的墨水书写……"

我不知道编出这些细节有没有用。我本想让他也告诉我一些关于诺埃尔·列斐伏尔的详细情况。但没有效果。

"一种佛罗里达蓝的墨水……?"

有那么几秒钟时间,我觉得自己把他引向了一条线索。但并没有。他只是不懂"佛罗里达蓝"是什么意思。

"一种很浅的蓝色。"我告诉他。

"这些信从法国寄来还是从国外寄来?"

他问我这个问题,像是他也在调查。

"很遗憾,我没注意邮票。"

"如果我早知道,一定会叫罗杰留意她……"

他的声音变得冷硬,目光严峻。这种突如其来的转变,不知是出于天生，还是从波普利克斯课上习得？

我试着尽可能精确地用白纸黑字记下那天我们说过的话。但有好多已经想不起来了。在所有这些失落的话语中，有些是您自己说的，有些是您听到但忘记了的，还有一些是说给您听的，但您根本没留心……有时，在醒来的瞬间，或夜阑人静时，您忽然忆起只言片语，但又不记得是谁曾经轻声对您说的。

他看了看腕表，突然站起来。

"我得去沃日拉路……我可能会有罗杰和诺埃尔的消息……"

他在期盼着拿到从门底下塞进来的信？就和我刚才去邮局的目的一样。

"我能和您一起去吗？"

"如果您想去的话……罗杰把他公寓的钥匙给我了。"

"诺埃尔经常来这个咖啡馆？"我问他。

我第一次叫了她的名字，心下吃惊。

"是的。晚上，她从兰姿下班后，罗杰和我，我们在这儿和她碰面。罗杰结了婚，我多高兴啊……您知道，对于罗杰，我和诺埃尔之间没有任何竞争关系。"

看起来他没能忍住，向我吐露了隐情，但他的眼神流露出突如其来的尴尬，我感到他已经后悔了。

我们沿着公会路往东走，不用看巴黎地图我就知道，现在，这是在往远离塞纳河的方向走，直到沃日拉尔路深处。

"我们差不多要走一刻钟，"他对我说，"您不介意吧？"

他第一次向我表示出一点友善。在这个夜幕降临的时刻，诺埃尔·列斐伏尔和罗杰·比阿维沃尔的失踪会比一天中的其他时刻更令他感到沉重，有人陪他走一段，他是否略感宽慰？我觉得，和他在这个街区走一走也有助于我了解这三个人的生活。那天晚上，于特从蓝色文件夹中拿出那页档案递给我，嘴角漾着讽刺的微笑。"看您的了，老兄。您自己想办法吧！没有什么比实地调查更有价值。"

我们经过邮局，下午早些时候我还期待在那里取到一封写给诺埃尔·列斐伏尔的信。邮局还开着门。我本想跟杰拉尔·穆拉德提议再去留局自取信件窗口试试。可能会有晚间派送的信。但我忍住了。接下来的日子里，我还是喜欢自己一个人去。老实说，我觉得没必要把这个人太过紧密地拉进我的调查中来。今后，这就是诺埃尔·列斐伏尔和我之间的私事。

"总之,"我对他说,"你们在这个街区生活?"

我想知道他们三个常去的地方和常见的人。

"白天不是。我们晚上见面。"

"那您呢,您也住在这里?"

"是的,在格尔奈尔河滨路的一个单间公寓里。离我们常去的舞厅不远,诺埃尔很喜欢那个地方。"

"舞厅?"

"海员舞厅,就在河畔。但罗杰和我,我们从不跳舞。"

他用低沉的声音说出的这句评论让我吃了一惊。

"你们从不跳舞?"

我觉得自己带着讽刺的调调。但他,看起来并不想笑。我得出结论,海员舞厅不是他喜欢的地方。

"罗杰认识那里的经理……诺埃尔从没跟您提过?"

他问了我这个问题,就好像这是个微妙的话题。

"从没提过……我已经告诉您了,诺埃尔从不和我谈她的私生活……只谈些无关紧要的事。比如,聊阿讷西,我们俩都熟悉的地方。"

他像是松了口气。也许他提舞厅和那个"经理"是为了试探一下,看诺埃尔·列斐伏尔是否和我说了什么牵连别人的事。

"罗杰在搬家公司工作时认识了那个经理……喏……就是这样……"

我意识到就算再问也问不出什么。他不会回答的。

剩下的路，我们沉默着，并肩而行。为了记住他刚才提到的没写在档案页上的与诺埃尔·列斐伏尔有关的人，我暗自重复着：罗杰·比阿维沃尔，兰姿，海员舞厅……这还不够。还得有一些乍看风马牛不相及的细节，只等水落石出时。

"我们能从这儿抄近路。"他对我说。

我们来到奥利维耶-德-赛尔路的中段，他指给我看一条插进几座房子之间的小路。多年以后回想起来，那条路好像种着树，有草从石板间钻出来。现在，我觉得它像一条乡间小路，也许是因为天黑了吧。我们穿过一个院子，从沃日拉路上可以通车的大门走出来。

在一楼，三个小房间。其中一个房间的窗朝着马路。窗帘没拉上，如果有路人经过就能看见我们，热拉尔·穆拉德和我。有时，在我的梦中，我就是这个路人。昨天夜里，可能是因为我白天写了前面的那几页，我又重新沿着那条乡间小路穿过了楼房。公寓的窗户有亮光。我用额头贴着窗玻璃，看见光从哪儿来：卧室的门半掩着。床头灯忘了关？正当我要敲窗玻璃的时候，我醒了。

我们在那间窗户朝向院子的小房间里。热拉尔·穆拉德开了矮桌上的灯。这个房间应该是客厅。有一张长沙发，两把皮制扶手椅。

"衣柜里只剩几件诺埃尔的衣服，"穆拉德对我说，"罗杰把他所有的东西都带走了，好像他再也不愿回来了一样。"

这个细节似乎让他难以释怀。他站在我旁边，沉默着。

"这两个人谁也不给你一点消息，这还是挺奇怪的。"我对他说。

他站在那里一动不动，若有所思。

"您在这儿待会儿？"他说，"我去看看楼上的邻居。罗杰跟他很熟。他可能会有消息。"

但我感觉到他并不太相信自己的话，他这样说只是为了让自己安心。

窗户朝向院子的小客厅里只剩下我一个人。我关了灯，从微敞的门悄悄走进靠马路的房间。房间里有一张很大的床，靠墙摆着一个矮书架。我没有开床头灯，怕路人透过玻璃窗看见我。

窗口透进隐隐的亮光，够亮了。我坐在床边，靠近床头柜，我像是被磁铁吸引到这里，仿佛找回了前世的习惯。

我拉开床头柜的抽屉。它的深度只有柜子的一半，这样就有空间做暗格了。我把手臂伸进去，发现了藏在那儿的一本硬皮本子。我关上抽屉，就在我把本子抓在手里的瞬间，听到热拉尔·穆拉德关门的声音。

"您在那儿吗？您在诺埃尔和罗杰的房间里？"

我没有回答他。我把本子滑进上衣的内袋里，出来和他碰头。

"您为什么关灯？"

"我怕别人看见窗口的灯光把我当贼……"

我本可以给他看那个本子，但我想他不会理解我的行为。再说，怎么跟他解释呢？这种行为，我像梦游一般，处于第二状态下，然而却是准确、自发的，仿佛我早就知道床头柜的抽屉后面有暗格而且里面藏了东西。于特跟我说过，做他这个职业的必要品质之一就是直觉。为了弄清楚那天晚上为什么这样做，此时此刻，我查了字典。"直觉：不借助理性思考，瞬间知晓。"

"您有消息吗？"我问他。

"没有。"

我希望这本我刚发现的本子能为我打开一扇通向诺埃

尔·列斐伏尔的门。

"您得去问问其他认识他们的人。"

他耸了耸肩。他甚至没想开灯，我们俩站在小客厅中央，一片昏黄。

"她和丈夫关系好吗？"

"是的，很好。不然我不会劝罗杰娶她。"

他的嗓音又透出傲慢。

"您，还有罗杰，从没考虑过报警？"

"报警？为什么？"

显然，从他这里我得不到什么。我仿佛在攀爬一个光滑的陡坡，一个抓手都没有。瞬间，我想从上衣内袋里掏出本子，和他一起看诺埃尔·列斐伏尔写下的东西——因为我确定这个本子是她的。

"您呢？您认识她，她也许会给您一些消息？"

他突然显得心烦意乱，用一种不确定的眼神看着我。他想告诉我别的秘密吗？

那么，他相信了我跟他讲的所有关于诺埃尔·列斐伏尔的事。那个时候，我那么容易就进入了别人的生活，以至于我思索着，自己有没有在卡普辛大街的咖啡馆里遇见过她，晚上，在她下班以后。

"如果有一丝消息，"我对他说，"我肯定会告诉您的。"

我们俩又在那儿待了一会儿,站在一片昏黄中。也许他体验到了和我一样的感受:闯入一间废弃良久、空空如也的公寓,最后在那儿住过的人没有留下任何痕迹。

一本黑色布面的记事本，印着金色的年份数字。

当天晚上，我在一张白纸上抄录下诺埃尔·列斐伏尔写在本子里的寥寥琐事。这个记事本是她的，因为她的名字就写在扉页的最上面，和本子里其他字迹一样，用蓝墨水写得大大的。

最后一条记录是7月5日写的：里昂火车站，9点50分。从1月到6月，有几个名字，几个地址，一些约会的时间和地点：

1月7日　布拉德福德酒店19点

1月16日　维庭餐馆

2月12日　安德烈·罗杰和小皮埃尔，维特吕弗路

2月14日　米基·杜拉克，布吕恩大道

2月17日　魔幻夜店，17区费里希戴路13号20点

3月21日　让娜·法贝尔

4月17日　约瑟,伊冯-维雅尔索路5号16点

5月15日　皮埃尔·默里奇,乔治,海员舞厅19点

6月7日　阿尼塔　PRO 76 74

6月8日　打电话给布鲁诺先生

6月10日那天,她抄录了一首诗:

> 天空,在屋顶之上,
>
> 蔚蓝,宁静!
>
> 一棵树,在屋顶之上,
>
> 摇曳着它的棕榈叶。[1]

几笔钱,不是用数字写的,而用文字拼写:

1月3日　六百法郎

2月14日　一千七百法郎

在2月11日那天:

火车17点27分到达维耶尔宗,索洛涅李树镇——橡树-莫罗城堡。

---

[1] 出自法国象征主义诗人保罗·魏尔伦(Paul Verlaine,1844—1896)《瓦上玄天》(*Le Ciel est par-dessus le toit*)。

在4月16日那天，一条本子里最长的注释：

替乔治问玛丽昂·勒·帕·万，她能不能在她的运输公司里给罗杰找点事做（维耀公司，科尼亚克-杰路5号）

6月28日的这句话用粗得多的笔迹写下：
如果我早知道……

这就是补充到于特的档案页里的内容，还有我从15区回来后记下的几个名字：
罗杰·比阿维沃尔
热拉尔·穆拉德
波普利克斯的课程
兰姿
沃日拉街13号
海员舞厅

没多少东西。接下来的几天，我去了她在记事本里写的那些地方。很遗憾没有门牌号码。去布吕恩大道的那个下午，整条街嵌在两行成片的楼房中间，无穷无尽，我明白过来，自己没有任何可能在这条路上找到米基·杜拉克，也不可能找到安德烈·罗杰和维特吕弗路上的小皮埃尔。PRO 76 74这个号码没有人接听。没有叫阿尼塔的人。没有地址就不可能甄别那些人名。我承认自己没有勇气去伊冯-维雅尔索路。我满足于查阅电话号码簿，拨打5号楼的各个电话号码。然后每次都问："约瑟在吗？"然而，在得到三次否定答复后，我泄气了，不愿再重复这句话。总之，记事本和于特写的档案页一样宽泛模糊，缺少细节。诺埃尔·列斐伏尔大致的出生日期和地点，她所谓的住址，15区公会路88号，姓布莱诺斯的人给于特的取件卡片。这个布莱诺斯，关于他什么信息也没有，自称是"诺埃尔·列斐伏尔的一位朋友"。

是的，可以肯定，此生之中总有空白。比读到的蓝色文件袋里的不全档案的空白还多。我一边翻着记事本的众多空白页，一边这样想。三百六十五天中，只有二十多天吸引了诺埃尔·列斐伏尔的关注，简短的标注，大大的字体，她把这些日子从虚无中拎了出来。我们再也无从知晓其他日子里她的安排，她遇见的人和她去过的地方。我翻阅着记事本，在所有这些空白页中，每次我都无法把目光从那句令我吃惊的话上移开："如果我早知道……"就像一个打破寂静的声音，本想告诉您一个秘密，但又放弃了，或者没来得及。

　　调查没有进展。一天下午，我又一次沿公会路走到邮局，希望不要遇上穆拉德。我在邮局留局自取信件的窗口前等待。工作人员看了诺埃尔·列斐伏尔的卡片后，从格子里拿出一封信朝我走来。他让我在一个登记簿上签了字，问我要证件。我给他看了我的比利时护照。他显得有些吃惊，慢慢翻看，合上护照时又盯着浅绿色的封面看了一会儿，好像怀疑这是假证件。我觉得他永远不会给我那封信了。但他突然把比利时护照、诺埃尔·列斐伏尔的卡片和那封信一下子递了过来。

　　出来后，我沿着公会路反方向走。我已经把信封塞进了上衣口袋里，快步朝前走，如逃跑一般。又一次，我怕遇见穆拉德。直到我把左岸抛到脑后，来到米拉波桥上时，我才打开了那封信。

诺埃尔：

我们最后一次在电话里聊过后，我就不太清楚你还想不想再见桑丘并和他一起回罗马。这会是你最好的出路。

桑丘以为上个月你们在快帆饭店见面时你和他彻底和解了。而你没再给他消息，他失望了。

我去了公会路的公寓，但那儿已经空了，你大概已经搬走。你把留局自取的卡片落在那儿了。我现在都不知道去哪儿见你，希望你还会去取信件——凭身份证？碰个运气，我给你寄了这封留局自取的信，还有，我在想，为什么你坚持让人把信寄到那边，都是些什么信。记住我从来没有把你的地址告诉过桑丘，就像我跟你承诺的那样，也没告诉他你在兰姿找了份工作。但我的目的永远都是撮合你们俩，我觉得是时候了。这种情况不能再持续了,我这么说是为你好。

你最好来橡树-莫罗城堡待一段时间。桑丘会去那里找你,你们再一起回罗马。

如果你收到这封信,告诉我你觉得怎样,赶快做个决定。保罗·莫里伊安会去维耶尔宗车站接你。

尽快给我打电话。

乔治

注:如果你想给我留言或联系我,像之前一样,你可以去海员舞厅办公室见皮埃尔·默里奇。

信封上的邮戳是"巴黎-安茹路"。

那天晚上，我把信给于特看，并告诉他"维耶尔宗"和"橡树-莫罗"也出现在诺埃尔·列斐伏尔的记事本里。

"您觉得找到了一条线索？"

他的语调仿佛看穿一切，让我瞬间失去了信心。这对他来说好像是件苦差事，他拿起电话听筒。

"请给我索洛涅李树镇橡树-莫罗城堡的电话号码。"

等待良久，过程中我怕他放下听筒。

"啊好！……很好……"

他把双臂交叉在胸前，带着高傲的微笑看着我。

"橡树-莫罗城堡已经没有电话了。"

他看出了我的失望，又加了一句：

"可能只要知道业主的名字就够了。"

但这个方法听上去不太可靠。

"您知道这个来拜访您的布莱诺斯的事吗?"我问他。

"知道……我忘了告诉您……我得承认我对这案子提不起兴趣……"

他用食指翻着办公桌上的日历。

"他应该是上周来的,这个布莱诺斯,不是吗?"

他找到那个日子时,就凑过去看上面写的字:

"布莱诺斯·乔治,维克多·雨果大街194号。他住在巴黎,但他似乎在布鲁塞尔经营着几家电影院。"

他叹了口气,好像刚才费了很大劲似的。

"一个挺可疑的男人。五十多岁。诺埃尔·列斐伏尔的失踪严重困扰着他。"

他打开蓝色文件夹,里面装着档案页、贴有诺埃尔·列斐伏尔照片的卡片和我在进行他所谓的实地调查的过程中记下的笔记。还有那封留局自取的信,署名乔治。乔治·布莱诺斯。

"谢谢您的补充信息。这个布莱诺斯没告诉我她已经结婚了,也没诉我她在兰姿工作。"

他略显尴尬地朝我笑了笑,像在找一些不伤害我感情的词。

"您看,年轻人,我觉得这个案子没什么意思。费很大劲也不会有结果。这个客户看上去就不太可靠。您失望了？您能做更重要的事。我不久就会交给您一件线索更多的案子。"

不，我完全没有把自己放在职业规划的立场上。诺埃尔·列斐伏尔的失踪在我身上激起的回响更加深刻，深刻到我说不清道不明。

"您弄错了，"我对他说，"我不是失望。"

想到他对这案子不感兴趣，我甚至松了口气。从今以后，这件案子只关乎我自己。我不用跟他汇报了。他给了我自由。

是的，这就是我当时的所思所想。但今天，我写下这些的时候，重新看见自己在于特面前，他双臂交叉，靠在办公桌边上，深蓝色的眼睛带着慈父般的神情盯着我。我觉得需要调整一下之前的线路。故意把我拖进这个案子里的是他。他从一开始就什么都知道，但什么也没对我说。只给了我一份不全的材料。他也许猜得到我对这个"案子"有多投入，他本可以简短地告诉我一些细枝末节，也可以让我看清自己。"我不久就会交给您一件线索更多的案子。"那时我太年轻，还不懂这句话的意思。这是一种亲切委婉的抽身方式，让我独自去走下面的路。他是为我好。他给了我一些线索。该由我去继续这项工作了。我已经到了承担责任的年纪。如果他给我自由，是因为他猜到我以后会写下这一切。

人生之中总有空白，但有时，我们称它为人生的副歌。在一些或长或短的时间段里，您听不见它，于是以为已经忘记了这段副歌。然后，有一天，在您独自一人，周边又没有什么可以分散注意力的时候，这段副歌忽然又响起来。就像儿歌的歌词，它依旧充满魔力。

我算算年份，试着尽可能精确：经过反复核对，距离我在于特事务所的短暂实习，以及那些寻着诺埃尔·列斐伏尔的行踪去邮局的下午，已经过去十年了。毫无结果。唯有我保留的天蓝色文件夹，里面装着的薄薄的资料还没有被警局列为未侦破案件的资料厚。

我在马图林路的一家小发廊里。坐在一张矮桌前等待。桌上放着几沓杂志和一本电影年鉴。年鉴的栗色封面上印着出版年份：一九七〇。

我翻看起来，刚好翻到"演员照片"这个部分。一个名字映入眼帘：热拉尔·穆拉德。但不得不承认，我已经有十年没想起过这个名字了。如果说"诺埃尔·列斐伏尔"在我的记忆里还很清晰，我倒是很难准确地脱口而出，十年前四月的某天，在一家咖啡馆里遇见的这个人的名字。

照片上，他穿着羊毛翻皮上衣，就是他第一次和我说话时穿的那件。一顶皮质鸭舌帽，帽檐抬高，露出额头，还有一条丝巾，紧紧系在脖子上……他坐在一张沙发的扶手上微笑着。照片下方，用红笔写着一个电话号码。

理发师看见我在翻看这本年鉴，等我坐到镜子前面的转椅上，他给我围好白色围布，对我说：

"先生，您喜欢电影？"

"我在这本年鉴里看见了一位朋友的照片。"

我吃惊于自己告诉了他这个秘密。我几乎已经忘记了穆拉德，这会儿他又突然出现。

"我可能见过他。我当过很长一段时间电影化妆师。"

是他用红笔写了这个电话号码？他拿起矮桌上的年鉴，我向他指出穆拉德的照片，他看了很久。

他好像不认识他。

"但那儿，那是我的字迹，红笔写的……他来这里剪过头发……"

他抬手指向马路对面，透过橱窗玻璃看去。

"他肯定是在对面那两个剧院中的一个里演戏,小角色。但是什么时候呢?他们来,他们去……有那么多人……最后我们都记不住……您呢,您也是戏剧演员吗,先生?"

"不完全是。"

"您可不知道,我,我给多少戏剧演员们化过妆……"

他的目光里透出凄凉。他把那本电影年鉴拿在手里。

"我把它送给您。您可能会在里面找到其他朋友。"

在路上,我一度想要丢掉这本年鉴,它太重了。但我没有,我把它收在了一个抽屉里。在于特建立那份档案十年之后,除了我找回来的两页少得可怜的信息,以及我在留局自取处拿回来的写给诺埃尔·列斐伏尔的信,热拉尔·穆拉德的照片成了又一条新增的线索。一条新增线索?我想到了某些陪审制的庭审,很多我们称作"物证"的东西被聚集起来,尤其是战后的一次审判:被告人身后放着三十多个箱子——那些失踪人员留下的唯一线索。

把电影年鉴放进抽屉前,我打开它,又看了一眼热拉尔·穆拉德的照片。他抬高帽檐的黑色皮质鸭舌帽,他的微笑和他潇洒不羁的姿势与我在15区共度一个下午的那个年轻人并不相符。那一天，他看上去阴郁得多。相隔数周，诺埃尔·列斐伏尔和罗杰·比阿维沃尔先后失踪，那就是他紧张和担忧的原因。但在杂志的照片上，五年之后，他可能已经从他们的失踪里走出来了。或者他收到了他们的消息，然后顺理成章地与他们重聚了。

在照片下方，他没有留他的地址，却留了他经理人的。我决定给他打电话。一位女士接了电话，可能是秘书。

"我想找您这里的一位演员。"我问道。

"先生，他的名字是？"

"热拉尔·穆拉德。"

"怎么写？"

我拼了一下这个名字。

沉默。然后是一阵纸页翻动的窸窣声。她应该是在文件里查找。

"穆拉德，热拉尔……我们办事处从1971年开始就不再负责他的演出事宜了，先生。"

"您有他的地址吗？"

"我们有两个地址，一个在巴黎，格尔奈尔河滨路57号，另一个在迈松阿尔福，卡尔诺路26号。1969年时，我们在一部剧中给他找到一个小角色，是在米歇尔剧院上演的《世界尽头》。我能告诉您的就这些了，先生。"

去了格尔奈尔河滨路又如何？就在这个街区，我曾追踪过诺埃尔·列斐伏尔的踪迹。我没有这个勇气。也没时间。还有，我会有一种回到过去的感觉，回到我的人生尚无定数的时期……但我的生活状态已经变了，实在看不出，从今以后，一个热拉尔·穆拉德在我的人生中会是什么角色。

临近夜晚，我改了主意。我不想留有遗憾，或者说悔恨。我坐上地铁，十年来都没坐过的那条线。在雅弗尔站，我走上河滨直到格尔奈尔桥。但是到了桥这边，我又想，是否还有必要继续往前走。河滨路的房子都已经拆了，在原来的位置上是广阔的空地和成堆的瓦砾。这一带曾经被轰炸过，后来这里被称作"塞纳河岸区"。与桥齐平，河滨路的第一座房子也没能幸免，只剩临街那一面的混凝土墙面了。如果我没看见大开的入口处上方悬挂的红字招牌"海员舞厅"，我会以为这里之前是一个车库。

巴黎，七月的一个下午，暑热难当。我以为能在布洛涅森林那边寻得一丝清凉，并准备坐63路车回市中心。但我改了主意，一直走到维克多·雨果大街的路口。

我忽然想起了一个名字，乔治·布莱诺斯，从前于特在办公室接待的那一位，是他报告了诺埃尔·列斐伏尔的失踪，我还在邮局取回了一封他写的信。我记得他的地址，维克多·雨果大街194号，因为读了太多遍档案里那几条不全的信息。

我刚在上一段里写下"从前"这个词。这个词也适用于这个七月的下午，它对我来说是那么遥远，我都想不起来确切是哪一年：我在理发店看见穆拉德的照片之前还是之后，或者我遇见雅克·B.，人称"侯爵"的同一年？

我沿着大街左边的人行道往前走，双号的这一边，不久就走到了194号，一间小小的豪华别墅，砖石立面，每一扇窗的金属百叶窗都关着。一块铜牌钉在大门上，门看着很新，尽管整座楼有废弃之感。铜牌上嵌着黑字："快帆，房地产公司，P. 默里奇"。这个名字，就像"维克多·雨果大街194号"一样，也在我的旧笔记里。

我犹豫了几分钟，然后按响了门铃，心里确信没有人会来开门。炎热，七月荒凉的街区，百叶窗紧闭的立面……但我被门铃刺耳的响声吓了一跳，它刺破了这个混沌的下午。它应该能把您从最深沉的睡眠中惊醒。

门立刻就开了，就好像有人已经站在门背后等人上门似的。一个矮个子男人凝视着我，他前额谢了顶，脸上的线条木雕一般生硬，一对眼角轻微上扬，单眼皮。他穿着一身裁剪贴身的深色西服。

"我想找默里奇先生。"

我试着稳住自己的声音。

"我就是。"

他冲我笑了笑，生硬得就像他脸上的线条，对我的拜访毫不惊讶。他让我进去，并在身后关上了门。

他把我请进了一楼的房间里，指给我一个座位，就在一张带支架的桌子前，我见上面堆了那么多文件，猜想这应该是他的办公桌。

"我能为您做点什么?"

他用亲切的、在我看来甚至带着一丝愉悦的语调提出了这个问题。这与他无动于衷的表情形成了鲜明对比。

"我只想跟您打听一些情况。"

这间房间比外面还要热,我用衬衣袖子擦了擦额头上的汗。但他,尽管领口又高又紧,打着领带,上衣还是收腰的,好像并没有热得难受。因为百叶窗都关着,我在吊灯的强光下感到目眩。

"是关于一位朋友,我已经很久没有她的消息了,她认识乔治·布莱诺斯先生。"

他坐在办公桌后,上身笔直。我感觉他带着好意端详着我。也许我的拜访把他从工作日的乏味中解脱出来。他发现我在出汗。

"不好意思……我没有清凉解渴的饮料请您喝……"

他停顿了一下,又说道:

"我的确是布莱诺斯先生的秘书,之后成了合伙人。现在我经营着他的公司。布莱诺斯先生去年在洛桑去世了。"

我们沉默了一会儿。我脑中闪过一个想法:又一位证人带着他的秘密走了。

"我猜,您记得布莱诺斯先生曾经住在这里?"

"是的。"

"很遗憾，几个月后，我们就得拆了这座房子。因为一个地产项目。"

他显得很悲伤。他手握一支铅笔，用笔的一端敲着桌子。

"您这位朋友叫什么名字？"

"诺埃尔……诺埃尔·列斐伏尔……"

他注视着我，但我感到他的眼神在放空。他似乎努力回忆着什么事。

"我应该见过她……十几年前……诺埃尔……是的……布莱诺斯先生很喜欢她……"

他冲我笑了笑。想起这个诺埃尔让他松了口气。

"她来海员舞厅找过我几次……"

他凑近我，微微绽开一丝笑容。

"名字有时会吓人一跳……我给您简单解释一下……布莱诺斯先生的公司起初经营着几家布鲁塞尔的电影院，甚至还做汽车零件生意……"

他语调平静，像做报告一样。

"然后，布莱诺斯先生开了一间公司，经营格尔奈尔河滨路的海员舞厅和快帆饭店，一家在香榭丽舍街区的饭店……布莱诺斯先生任命我为海员舞厅的经理，这摊生意他很快就不做了……"

这次他用铅笔敲打着自己的手掌。

"我跟您聊这么多是因为这女孩来过海员舞厅好几次,把她写给布莱诺斯先生的信交给我……我呢,有时也会把布莱诺斯先生的信带给她。"

能跟人聊聊"布莱诺斯先生",他显得很高兴。此地,七月,在他百叶窗紧闭的办公室里,下午变得漫无尽头。

"她晚上和一些朋友来过几次海员舞厅……但我觉得她完全不适合这地方……"

他沉默了。我暗想,他是不是忘记了我的存在,他看起来还在回忆其他事情。

"她甚至在这里住过一段时间……就在楼上的一个房间里……能说的我都告诉您了,先生……"

他就像在表示歉意,抱歉自己不知道更多关于诺埃尔·列斐伏尔的消息。

"布莱诺斯先生可能还告诉了您其他消息……"

"他在洛桑去世的?"

我不知道自己为什么脱口而出,说了这句话。

"很不幸,人在哪儿都会死去,即使在洛桑……"

他忧伤地看着我。

"您可能认识布莱诺斯先生的一位朋友,某个叫桑丘的人?"我问道。

"不认识。我完全没听过这个名字。您知道，作为经理，我只认识那些和布莱诺斯先生有生意往来的人，或者和他联系紧密的合伙人……"

他恢复了职业口吻。

"在快帆饭店，他的生意伙伴有安塞姆·埃斯葛蒂埃先生、奥东·德·伯格埃尔德、玛丽昂·勒·帕·万女士、塞尔日·萨尔沃兹先生……"

最后两个名字让我想起了什么，但当下我无法确定。

"是的，我明白。"我这么说是为了打断他，我怕他罗列个没完没了。

"那么，您知道这个女孩曾经在楼上的房间住过一段时间？"

"是的。她刚到巴黎的时候……我想布莱诺斯先生是在外省认识她的。他亲切地叫她'阿尔卑斯牧羊女'。但其他的我就不知道了。她和您走得很近？"

"非常近。"

"您不知道她后来怎样了？"

"不知道。"

"您是听她说起布莱诺斯先生的？"

"是的。我希望他能告诉我一些她的消息。"

"我明白。"

我们俩沉默了很久。

"我正在整理布莱诺斯先生复杂的生意往来。在这些材料中。如果我看到什么和诺埃尔相关的东西……诺埃尔什么，先生？"

"列斐伏尔。"

他在一张纸上写下这个名字。

"我很乐意告诉您。请给我您的联系方式。"

我给了他我的名字和电话号码。他递给我一张名片。

"您随时可以过来。我整天都在办公室。即使是七月。"

离开房间的时候，我看了看我们头顶点亮的吊灯，它大得惊人。他注意到了我的目光。

"布莱诺斯先生在的时候，这里是客厅。"

在外面，空气不像刚才那么炙闷了。我不禁想起这个人，在百叶窗紧闭的办公室里，在吊灯耀眼的光芒下，上身笔直，打着领带，前额一滴汗都没有。我问自己是不是在做梦，是不是该掉头回去确认一下194号的立面还在那里，豪华别墅还未因"房地产项目"被毁，就像皮埃尔·默里奇跟我说的那样。

我忘了问他关于索洛涅李树镇的橡树–莫罗城堡的事，这个地名出现在乔治·布莱诺斯的信里和诺埃尔·列斐伏尔的记事本里。但又有什么用呢？我确定他的回答不会很确切，就像其他那些他告诉我的关于诺埃尔·列斐伏尔的信息一样。

我只能依靠自己，这一点远没有让我丧失信心，反而让我安心。我沿着大街朝星型广场走去。这个夜晚，我感觉自己进入到一种人们所说的"第二状态"中。巴黎从未让我感觉如此温和、友好，我也从未如此深入走进仲夏之中，有一位我忘记了姓名的哲学家把这个季节称作玄妙的季节。这么说来，诺埃尔，阿尔卑斯牧羊女，曾经住在我身后一百多米处的那座房子里，在楼上的一个房间……街上寂静无人，然而我却感到身边的一种在场，空气比平时更轻快了，夜晚和夏季闪着光辉。这种感觉，我经常会感受到，每当我冒险抄近道而后白纸黑字地写下我走过的路，每当我经历另一种生活——在我生活的边缘。

今天，我开始写这本书的第六十三页，心里想着互联网完全帮不上我。网上没有热拉尔·穆拉德的任何痕迹，也没有罗杰·比阿维沃尔的。用浏览器搜索，能看到几个在法国的诺埃尔·列斐伏尔，但都不是在邮局收留局自取邮件的那一位。

这样最好，否则就没有材料写书了。只要抄下屏幕上的句子就行，完全不用努力想象了。

就像数码照片，我们再也看不到图像在暗房里逐渐显现的过程，十九世纪的一位作家曾在一封信里提到过这个图像和这间暗房，我原本能在留局自取邮局找到这封信的，它被遗忘在那里一百多年，它本可以给我勇气坚持我的调查："我继续对所有人守口如瓶。正是在孤独这间暗房里，我应该先看见我的书的存在，然后再写下它们。"

也许遵循时间顺序更容易些，这样就能借助大量的时间参照点了。我的那些记事本比我在床头柜暗格里发现的诺埃尔·列斐伏尔的那本还要空。另外，老实说，我从来不用记事本，我从不写日记。这对我来说反倒方便。我不愿意记账似的记录我的生活，我任凭它流走，就像被挥霍的金钱从指间流走。我并不当心。想到未来，我私以为，我经历过的一切都不会再失去。绝不会。我那时太年轻了，还不知道从某一时刻起，我会在记忆的漏洞里磕磕碰碰。

在想起了马图林路的理发店和电影年鉴里穆拉德的照片后，我发现自己如人们所说的那样，断片了。我在前面写道，距离于特派我去"实地调查"诺埃尔·列斐伏尔的那个春日下午，已经过去了十年。我给人一种感觉，这十年间，我再没去想我人生中的这一短暂片段，所有我遇见的人，所有我经历过的事，十年来被遗忘覆盖。那天下午在15区，我发现了这一点。不。从今往后，我得尽可能地努力遵循时间顺序，否则我会迷失在记忆与遗忘纠缠不休的地带。

我记得那时我离开于特的事务所刚两年。忽然有一天下午，在人行道上，我感到心下一震，就好像时间突然把我带回了过去，或者更确切地说，好像这两年被删除了。再一次，我感觉自己还在继续调查。

我穿过歌剧院广场前的十字路中央地带，准备下地铁口的台阶，此时，我远远地看见兰姿皮革商店的招牌和橱窗。人行道瞬间摇晃震动几乎让我跌到，也把我从悠长的麻木状态中惊醒。

我毫不犹豫地走进兰姿皮革店，走向店内的一位售货员小姐：

"打扰了。我想打听一下诺埃尔·列斐伏尔的消息。"

我用坚定的语气说出这句话，每一个音节都发音清晰，但她看上去没懂我的意思。

"先生，谁的消息？"

她有点提防地看着我，我怕她叫同事。我可能不像店里的常客。

"诺埃尔·列斐伏尔。她两年前在这里工作。"

"我才来半年……您得去问我的同事……"

她走向一位棕色头发的女人，大约三十岁，坐在商店靠门那边的一张办公桌后。

她没注意到我的到来，正埋首工作，我觉得像是会计工作。我正准备尽可能悄无声息地离开商店，她抬头看我。

"女士……您能否告诉我一些诺埃尔·列斐伏尔的消息……？她两年前在这里工作……"

她一直盯着我看，好像试图弄清自己是在跟谁打交道。我穿着深色衣服，头发式样古板。我用平静的声音提出这个问题。我觉得自己做得无可指摘。

"您曾是诺埃尔·列斐伏尔的朋友？"

我感到她对这事有兴趣。唯一令我不解的是，她用了过去时。

"是的。一位关系很好的朋友。"

"我们一小时后打烊……这里不方便聊……我们可以在对面，卡普辛大街的赫迪夫咖啡馆见，如果您愿意的话……一小时后……"

她起身，送我到店门口，并指给我看那个咖啡馆。

我找了个露台的位置坐下。两年前，我为了想知道更多情况，曾跟热拉尔·穆拉德说我就是在这个咖啡馆等诺埃尔·列斐伏尔下班的。随着时间的推移，我思索着，跟穆拉德说过的话是否真是谎言。我后悔没把拿留局自取邮件的卡片带在身上，不然就可以再仔细看看那张照片。也许我曾经遇见过这个诺埃尔·列斐伏尔？人生有空白，记忆有缺失。如果说我曾经那么认真地对待于特交给我的这项调查——一个相当乏味的"案子"，毕竟每天都有上百人失踪，或者搬家，或者只是头脑一热和自己的生活决裂——可能是因为这张面孔让我想起了一些事情，某个我曾遇见的叫着另一个名字的人。

我看见她穿过马路，抬起胳膊跟她招手示意。她站在我的桌前。

"您方便陪我一起走到玛德莱娜地铁站吗？我在那儿坐地铁……我得比平时早回家……"

我们经过兰姿的橱窗，穿过广场。她沉默着。走到玛德莱娜地铁站这一路我们可没有多少时间聊天。该由我来起头。

"您是诺埃尔·列斐伏尔的朋友？"

"是的。从她进兰姿开始就是。我们经常一起出去玩。"

由我来迈出这第一步令她松了口气,仿佛这是个棘手的话题。

"您没有她的任何消息吗?"

"没有。两年来都没有。"

"我也没有。"

卡普辛大道的人行道上,这会儿是高峰期。人们从办公室出来去坐地铁或去圣-拉扎尔车站乘火车。我感觉他们朝我们迎面而来,我怕我们走失在人群中,再加上她走得很快,我不太跟得上她。更简单、更谨慎的方法其实是挽着她的胳膊,但这个动作可能会不得体。

"您也完全猜不到她可能会在哪儿?"

"完全想不到。她丈夫来过兰姿。我和他聊过。他也完全不明白是怎么回事。"

我感到她提起这段往事时的痛苦。这些年过去了,我在想,比起我们面对面在咖啡馆里谈诺埃尔·列斐伏尔,她是否宁愿我们身处拥挤人群。

"您跟她丈夫很熟?"

"不太熟。我应该见过他两三次。我们总是两个人一起出去玩,诺埃尔和我。"

"您认识热拉尔·穆拉德吗?"

"那个在上戏剧课的棕色鬈发高个子吗?"

她抬头看我,带着一抹讽刺的微笑。

"诺埃尔有一次带我去他的戏剧课……就在离兰姿很近的地方……"

她走得那么快,我不止跟不上她,也听不清她讲话。还有,她的声音太低沉了。

"那您呢,你认识她丈夫吗?"她问我。

"不认识。"

"她对我说他有点消沉。她总是在帮他找工作。另外,我总在想这到底是不是她丈夫……"

我想起了诺埃尔·列斐伏尔记事本里的一条记录,那些记录像密码一样,因为我太想解开谜题而烂熟于胸,那里面有一条:"问玛丽昂·勒·帕·万,是否能帮罗杰在她的运输公司里找份工作。"

"您觉得不是她丈夫?"

"我觉得诺埃尔的感情生活很复杂,这有时会给她惹麻烦……但她从没跟我吐露过什么……"

"那么,你们一起出去玩,就你们俩?"

如果再不问她问题,我觉得她会一径沉默下去。诺埃尔·列斐伏尔的失踪可能对她来说是一个痛苦的话题。两年来,她应该和我一样想着这件事,但时间间隔越来越久,因为日常生活总要重回正轨。

"是的，我们一起出去玩。她有时带我去些奇怪的地方。比如，一个在格尔奈尔河滨路的舞厅。"

"海员舞厅？"

"是的。海员舞厅。她也带您去过那里？"

她停下了脚步，好像在等一个答案，对她来说很重要的答案。

"没有。从没去过。"

"很奇怪，"她对我说，"我印象中有一天在刚才那家咖啡馆见过您和她在一起……兰姿对面那家……"

"没有。您弄错了……"

"那么，是一个跟您长得很像的人……"

我们站在通往爱德华七世剧院的断头路口，离开人群有一段距离。路上寂静无人，和大街上的人流形成鲜明对比，但我们得沿着大街逆流而上。

"除了海员舞厅，还有另一个地方诺埃尔经常带我去……在香榭丽舍大街……一个断头路口……就像我们现在所在的地方一样……"

她看了看腕表。

"我迟了……不好意思……"

她继续往前走，在人群中我依然追不上她。她沉默着，显得忧心忡忡。她好像忘记了我的存在，忘记了关于诺埃尔·列斐伏尔的一切。

"总之，"我对她说，"您认识她也只有几个月时间？"

"大概三个月。但我们关系真的很好。"

她的声音突然变得低沉。我很吃惊，她过来挽起我的胳膊。

"您呢？您认识她很久了？"

"是的。很久。我们出生在同一个地区。在阿讷西附近。"

这句话，两年前我也跟穆拉德说过。那天夜里，说出这句话的时候，我感觉这不再完全是个谎言。

"我知道她出生在一个山里的小村庄，但她从没和我说起过您……"

"最后几年，我们不常见面……我想她交了些新朋友……"

我想说个名字举例，但想不起来了。然后，运气不错，我又想起来了。

"您认识她的一个朋友，叫乔治·布莱诺斯吗？五十多岁的男人……"

她想了想，一直挽着我的胳膊。

"五十多岁？那应该是海员舞厅的老板，刚才我跟您说过的那个地方，在香榭丽舍大街那边……或者可能是另一个人……"

她对这个布莱诺斯好像不太感兴趣。她又一次沉默了，我也再找不到问题问她了。我们到了玛德莱娜站。地铁口。

"除我以外，她还有另外一个朋友……米基·杜拉克……我不知道她在哪儿认识的。这个朋友介绍她认识了很多人……但我，我更喜欢单独和诺埃尔在一起……您见过米基·杜拉克吗？"

她用怀疑的眼神看着我。她好像不太喜欢这个米基·杜拉克。

"没有，我从没见过这个人。"

"我们没谈多久诺埃尔，"她对我说，"如果您愿意，我们可以再见面……"

她打开她的手提包，递给我一张名片。两个人很难在地铁口待着，总被人推挤。高峰时段。

她跟我握了一下手。我觉得她想跟我说些什么。

"听着……我试着找出一种解释……我觉得她死了……"

然后，她突然离我而去，好像被下楼梯的人流卷走了一般。

过了一会儿，我担心弄丢了那张名片。但它就在我裤子口袋的深处。弗朗索瓦兹·斯特尔。一个地址和一个在勒瓦卢瓦-佩雷的电话号码。"我觉得她死了。"她用低沉的声音说出这句话，我好不容易才听到。

我徒劳地思索着，完全不能接受这个想法。今天，当我再度想起这句话，"我觉得她死了"，我觉得这个有着决定性意味的句子并不符合围绕着诺埃尔·列斐伏尔的模糊性和不确定性。如果只是把每一片拼图都搜集起来，拼出最终那精确的画面，也许那天晚上，我和弗朗索瓦兹·斯特尔站在地铁口时她说出的这句话就不会那么令我吃惊。但您徒劳地用放大镜仔细观察人生的种种细节，永远都有一个个秘密和一条条逃逸线横亘其中。这对我来说好像就是死亡的对立面。

然后，问题的另一个方面在我今天看来比我年轻时更清晰：我们能不能信任证人？热拉尔·穆拉德或是弗朗索瓦兹·斯特尔到底让我确切地知道了什么关于诺埃尔·列斐伏尔的事？没什么。一些支离破碎、相互矛盾的细节，把一切都弄混了，就像广播里的干扰杂音，妨碍您听音乐。这些证人那么不可信，您遇见他们一次，问他们一些问题，他们什么也回答不了，您甚至都觉得，没必要跟他们保持联系。

弗朗索瓦兹·斯特尔例外，之后，我又见了她，如果我有勇气，后面会再提这事。但热拉尔·穆拉德呢？当我带着电影年鉴走出马图林路的理发店时，我思忖着，过去的十年间，我一次都没有想起过他。如果我更好奇一点，我应该会知道他在米歇尔剧院的戏剧《世界尽头》中扮演一个小角色，我应该会去化妆间拜访他。但我很可能会失望：他可能忘记了诺埃尔·列斐伏尔，以及我们的初次相遇。至于米基·杜拉克，两年前我就已经放弃了从布吕恩大街无数的房子里面找到她。

我想要遵循时间顺序，记录下诺埃尔·列斐伏尔在这些年间重又占据我心思的一些瞬间，每一次都精确到日期和时间。但是把那么长一段时间写成这样一本日历是不可能的。我想还是任由我的笔在纸上驰骋吧。是的，记忆随着书写的继续而渐次回归。不该勉强，但写的时候尽量不涂改。在字句的流淌中，那些已被遗忘的，或是您不知为何而埋藏在记忆深处的细节，一点点浮现。千万别停，想象一位滑雪者在陡峭的坡道上滑行直至永远，就像笔在白纸上的书写。之后，再做修改。

一位滑雪者滑行直至永远。今天，这些字句让我想起上萨瓦省，我度过少年时代的地方。阿讷西，韦里耶-杜-拉克，梅杰夫，阿尔布瓦山……

一个七月的下午，就是我在电影年鉴里看到穆拉德照片的那一年，我在黎世留-德鲁奥十字路口遇见一位阿讷西的朋友，一个叫雅克·B.的人，我们都叫他"侯爵"。那时，我想起诺埃尔·列斐伏尔出生在"阿讷西附近的一个小村庄里"。我之前没怎么留意写在于特档案页上的这一细节。那页档案那么不完整，到处都是不确定的信息，我都在想是不是于特自己挑了"阿讷西附近的村庄"来补全诺埃尔·列斐伏尔的出生地，以便尽快摆脱这个他不感兴趣的"案子"。

我有十年没见雅克·B.了，就像所有那些我在上萨瓦省认识的人一样。

他告诉我，他在不远的一家报社工作，我们在主教咖啡馆面对面坐了下来。

咖啡馆很空。因为侯爵的出现，我觉得我们又回到了阿讷西，塔韦尔恩酒店的拱廊之下，时间正是七月的一个下午。

我任由侯爵讲述，如他所言，自阿讷西的美好日子以来的"经历"。在海外军团待过。几个月后又改组。在里昂干过一些零活，之后坐火车到巴黎。最终成了社会新闻栏目的一名记者。已经两年了。

"为什么去海外军团？"我问他。

曾经，在海滩运动场和阿讷西的大街小巷，他是那么自在潇洒、无拘无束，我绝对无法预见他会入伍。

"就是这样,"他耸了耸肩,对我说,"我没有选择……"

我怪自己那个时候没有感觉到他生活的艰难。

"你认不认识在阿讷西叫列斐伏尔的人?"

"名字里有没有字母 b?"

我又看见了他讽刺的微笑,在我记忆中,他始终带着这种微笑。

"有 b。"

"列斐 b 伏尔……"

他故意强调字母 b,念了这个姓氏。

"有的……桑丘·列斐伏尔……"

桑丘·列斐伏尔。这个名字也让我想起了什么。但我从没把它和诺埃尔·列斐伏尔关联起来。

"一个比我们年纪大的家伙……你没能结识他……我想不起来阿讷西别的列斐伏尔……但你想找他干什么,这个桑丘·列斐伏尔?"

他带着他不变的微笑看着我,并不吃惊,只是有点没料到这个桑丘·列斐伏尔会出现在那儿,就在我们身边,像一个幽灵,或者像一个死人。

"他离开阿讷西应该有十五年了……但时不时回去一趟……他在瑞士或者罗马……或者甚至在巴黎生活……"

忽然，我想起在阿讷西时的一个夏日午后。我躲到索梅耶路的一家酒店大堂里乘凉。有三四个人坐在我旁边，"桑丘·列斐伏尔"这个名字时常出现在他们的谈话中，我没能听到他们的谈话——除了这个姓名，或者更确切地说这个名：桑丘。同样的这个名字还出现在十年前我在邮局截获的那封写给诺埃尔·列斐伏尔的信里。

"奇怪的家伙……每次大家知道他回阿讷西了都是因为他的车……一辆英国或意大利的跑车……或者是一辆美国敞篷车……"

"现在他该有几岁了？"

"三十九、四十了。"

"他结婚了吗？"

"没有。"

雅克·B.，坐在我面前，沉浸在他的思绪中。

"我加入海外军团前，在阿讷西的最后一年……我记得我们那年还见面了，不是吗……？1962年还是1963年……我听说桑丘·列斐伏尔和一个二十岁的女孩一起离开了阿讷西……还和她结了婚……"

"这个女孩，你不认识？"

"不认识。"

"她不叫诺埃尔？"

"我在阿讷西从没认识过叫诺埃尔的人。"

我们把这个话题聊了个遍。我略带迟疑地问了他所有这些问题，字斟句酌地解释。

"这是一桩社会新闻，十年前，我一个朋友牵扯其中……失踪案……因为那个女孩儿出生在阿讷西附近，我以为你知道些情况……"

"社会新闻？为什么不呢？跟桑丘·列斐伏尔这么个家伙相关，一切皆有可能。"

他用了过去时。突然，对于过去和那些谜题，我心头涌上一阵巨大的厌倦。有点类似一些人花费几十年时间去尝试解读一种非常古老的语言。比如，伊特鲁立亚语。

我们用现代的语言聊乏味的事。然后我们交换了地址和电话号码，我陪他走到黎世留路，一直到他的报社。走进报社大厅时，他冲我笑了笑，说：

"如果你想知道，我会试着去了解更多关于桑丘·列斐伏尔的事。"

我记得我那天的精神状态。离开了雅克·B.，也就是"侯爵"，我沿着林荫大道往前走。走到雷克斯电影院附近，我想我该去找弗朗索瓦兹·斯特尔，就在几百米远的地方。但是她还在兰姿工作吗？如果她还在那里工作，她会让我等一两个小时，等她下班。有什么用呢？她应该不知道桑丘·列斐伏尔的存在。

我不知所措。自此，我肯定诺埃尔·列斐伏尔从未民事登记过诺埃尔·比阿维沃尔这个名字，她曾经嫁给这个面目模糊的人，雅克·B.和我说的这个人，我没能在阿讷西结识的这个人。桑丘·列斐伏尔夫人。她娘家的姓氏是什么呢？她不只是失踪了十年，对于我来说，她从此成为一个无名女孩。甚至她的名字，诺埃尔，是真名吗？

接下来的日子里,有好几次,我想给雅克·B.打电话,跟他约时间再次见面。他是唯一一个可以和我谈论上萨瓦省生活的人。谜一般的桑丘·列斐伏尔和诺埃尔·列斐伏尔,两个人都和这个地区有关,这让我很困惑。这个姓氏在法国分布得很广,在上萨瓦省应该也是。

我得自己解决问题,就算没有雅克·B.的支持。我试着梳理所有我在上萨瓦省认识的人,希望他们当中有一个能把我引向桑丘或诺埃尔·列斐伏尔。起初,我得承认,这项工作困难重重。对我来说,这就好像一个患失忆症的人,有人向他提供了一条细致描绘的路,他要跟着这条路前往他曾经熟悉的地方。只要一个村庄的名字,就足以让他突然想起自己所有的过去。

这是我第一次做这样的尝试。当于特派我去15区调查诺埃尔·列斐伏尔的时候,依据他写的那页档案,她出生在"阿讷西附近的一个村庄",当时我还没有把这事和我自己在上萨瓦省的生活建立直接联系。我对那段日子的记忆还很新,因为才刚刚三年。但我不习惯也没兴趣回溯过去。

我吃惊于自己能忆起那么多名字。我把它们都写在一个本子上,他们的脸像幻灯片一样一张张出现。有一些脸孔线条相当清晰,另一些模糊,模糊到只剩一个光晕或是大致的轮廓,将将看得到嘴和眉毛。虽然大多数的脸庞已经认不出来,那些名字依旧完好。

露露·阿洛泽,乔治·帕尼塞,耶尔塔·鲁瓦热,谢瓦利耶夫人,贝松医生,特尔富医生,潘潘·拉沃莱尔,扎基,玛丽-佛朗斯,皮耶莱特,方雄,科特·维克,罗西,尚塔尔,罗伯特·康斯坦丁,皮埃尔·安德里耶,还有其他人,不停涌现……我徒劳地将这些名字低声重复,对于我来说任何一个名字都没有和桑丘·列斐伏尔产生关联,我曾在某个夏日午后,在索梅耶路酒店大堂里听过这个名字,但我不认识他。我甚至觉得自己犯了方向性错误。我拼命回想在上萨瓦省那段时间里认识的所有人,名叫桑丘·列斐伏尔和有着同样姓氏的诺埃尔淹没在人海,我再也找不到他们。是的,我选了个很糟糕的方法。突然大量涌出的记忆可能会掩藏其他更为隐秘的记忆,彻底模糊线索。

但当我想到雅克·B.以及我们那天的对话,我又觉得自己有可能找到桑丘·列斐伏尔了。雅克·B.说过一句话,当时没有特别令我关注,我觉得自己又一次听见这句话,比第一次更清楚地听见:"奇怪的家伙……每次大家知道他回阿讷西了都是因为他的车……"一辆美国敞篷车的形象一点点挤进我的脑海,就像我在暗室里等待一张照片显影。六十年代初的某个酷热的夏天,我好几次看到这辆车停在阿尔比尼大街上不同的位置,左侧人行道省政府门口,有时是在右边,运动场那里。还有在卡西诺咖啡馆门前。但到底是哪一年夏天?一天午后,我从韦里耶-杜-拉克的海滩沿小路往上走,为了去路边的一家小店买报纸,那家店在邮局和教堂前面。报纸的第一版上,用黑色大号字体写着一个名字,我不认识这个名字,却被它的发音震撼:**比泽特**,一种低沉的令人不安的发音,就像我儿时在车库半明半暗的光线中学会的另外几个音节:嘉实多①。只要找找所谓的"比泽特事件"的日期就可以知道这是哪一年夏天了②。

那应该是我在阿讷西度过的第一个夏天,我在附近的

---

① Castrol,英国工业润滑油知名品牌。
② 比泽特(Bizerte)是突尼斯的一个港口。"比泽特事件"指发生在法国与突尼斯之间的一系列外交、军事冲突,大约在1961年夏天。

83

一个村庄刚过完一年寄宿生活。我从卡西诺电影院出来。将近午夜。要回到我在韦里耶-杜-拉克的住处，我可以走路过去，只是有点远。也可以搭便车。或者坐早上六点第一趟去往火车站广场的大巴。就在这时，我看见我前方走着一个男孩，上周我在马尔基萨海滩见过他，叫什么达尼埃尔·V.，比我大几岁。刚放假那会儿，V. 教网球课赚了一点钱，但他打算在十月份时彻底离开阿讷西，他跟我说他要"进入日内瓦或巴黎的酒店业工作"。他已经有一点点职业经验了，在沃日拉路的辛特拉干了半年酒吧招待。

"你在那儿干什么，一个人？"

我告诉他我得回韦里耶-杜-拉克，但不知道该怎么回。可能得走回去。

"不用，瞧……我送你回去……"

他冲我粲然一笑，就是酒吧招待给一位孤独徘徊在吧台边的客人再推销一杯鸡尾酒时的那种笑容。

他带我走到了阿尔比尼大街。

"我有一辆车，稍远一点……"

此时，大街上空无一人、寂静无声。能听见树叶的沙沙声。再往前走，照在我们身上的就只有满月的月光。至少，在我的记忆中就是如此。

到施密特别墅附近，一辆美国敞篷车沿人行道停着。

我一下就认出了这辆车。就这一天,我曾看见它停在皇家路那里。

"车主总是把钥匙留在内饰面板上。"

他打开门,冲我做了一个上车的手势。我犹豫了。

"别害怕,"达尼埃尔·V.对我说,"这家伙不会发现的。"

我坐到座位上,达尼埃尔·V.一把关上了车门。现在要改主意可来不及了。

达尼埃尔·V.开车。他转动钥匙点火,我听见美国发动机特殊的噪声,从我童年时就令我吃惊不已,因为它会让你感觉自己要飞起来了。

我们经过省政府,沿着湖边的路往前开。我料想着会看见一辆警车出现。

"你看上去不太自在,"达尼埃尔·V.对我说,"你放心……我对这个人的作息时间了如指掌。他凌晨三点前是不会来取他的敞篷车的。他在赌场玩儿。"

"但为什么他把钥匙留在内饰面板上呢?"

"这辆车是在罗马注册的……把钥匙留在内饰面板上应该是那边的习惯。"

"想象一下如果有人问你要行驶证呢?"

"我就说那人把车借给我开了。事情总有办法解决的。"

达尼埃尔·V. 最后跟我表示自己毫不担忧。无论如何，我还未满十七岁。

"上一次我借了这车，一直开到了拉克吕萨……"

他开得很慢，我不再能听见发动机声了。我感到非常轻微的颠簸，好像我们开船在水上。

"我不认识这家伙……但他出生在这个地区……他夏天时不时回阿讷西……有两年时间了，我看他的车判断他回没回来…… 他叫塞尔日·塞尔沃兹……"

他打开手套箱，递给我一本驾照，上面就写着这个名字，还有一张男人的照片，尚年轻，但我觉得他比我们大得多。接下来的几天和几个月，我意识到自己记住了"塞尔日·塞尔沃兹"这个名字。

"今晚，我们不如干脆去日内瓦吧，"达尼埃尔·V. 对我说，"你觉得怎样？"

他应该是读出了我眼神中的某种忧虑，于是轻敲我的膝盖。

"不去不去……我开玩笑的……"

他开得更慢了些，车子安静地滑行，就像产生了飞轮效应。我们面前是空旷的街道，月光在湖面上闪动。过了夏瓦尔，我没有了丝毫担心。我觉得这辆车成了我们的。

"明天晚上，同一时间，我们还可以开出来兜一圈。"

达尼埃尔·V. 对我说。

"你觉得车子会停在老地方？"

"在那里或者在省政府前。白天的时候他总是沿着拱廊停，就在过了塔韦尔恩酒店以后右边第一条路。"

我惊异于他的精准。我们到了韦里耶-杜-拉克，我们开过那棵充当车站的胡桐树，我周日晚上回宿舍坐的大巴车就停那里。

一穿过大开着的"椴树"大门，他就熄了引擎，车子沿着有坡度的林荫道滑行直到房子的门口。

"明晚，我们到日内瓦去。"

他倒车离开，挥手示意告别。

我应该是在第二年十一月又见过他，一个周日，我回宿舍。那天晚上，当我在韦里耶-杜-拉克上大巴时，没有空位了。我和其他乘客一同站着。他也站着，就在我旁边，穿着制服。

"是的，就是我，"他对我说，带着一丝尴尬的笑容，"我在阿讷西当兵。"

他跟我解释说，他和一个女孩结了婚，女孩已经怀孕六个月了，他和妻子住在岳父岳母家，在一个叫阿莱克斯的小村庄。部队准许他每天晚上回家住。

因为剃了平头,他的面容变了,尤其是我感觉到他眼神忧伤。

"你呢?"他问我,"还在上学?"

"还在上学。"

但我不知道再和他说什么了。

大巴在阿莱克斯村停下来之前,他拉住我的胳膊说:

"比起在这辆大巴里,我们还是在塞尔日·塞尔沃兹的敞篷车里感觉更好,你不觉得吗?"

像是为了说服自己似的,他跟我说他并没有放弃去国外酒店业工作的计划。不去日内瓦,因为离这里太近。也许,会去伦敦。

在我尝试更新自己的调查以来，我有一种非常奇怪的印象。好像所有这一切都是用隐形墨水写下的。隐形墨水在字典里的定义是什么？"书写时不显色的墨水，与特定物质反应后变黑。"也许，在不经意的某一页，隐形墨水书写的内容会逐渐显现，长久以来，我问自己的那些关于诺埃尔·列斐伏尔失踪的问题，以及我问自己这些问题的原因，所有这一切都会随着警察局报告的清晰和精确得到解决。字迹清晰，像是我的字迹，所有的解释都尽可能详细，谜团都被解开。最终，这可能会让我更了解自己。

我产生隐形墨水这个念头是在几天前，又一次翻阅诺埃尔·列斐伏尔的记事本时。4月16日："在罗伯特-埃蒂安路的快帆饭店又见了桑丘。我真不该回到这个地方来。来干什么？"我确信之前没有读过这条，这一页以前是空白的。这些字用蓝色墨水写下，跟其他笔记比起来淡很多，这种蓝几乎是半透明的。凑近观察，在强光下仔细看记事本中的空白页，我感觉看见了隐藏的字迹，但完全辨认不出字母或词。看起来，每一页都是一样的，好像她在写日记，或者提到了大量约会。我查了查字典里提到的"特定物质"。可能这是一种我们很容易在商店买到的东西，有了它，诺埃尔·列斐伏尔记在记事本里的所有内容就都会在空白页上显示出来，就好像她昨晚刚刚写下这些内容。抑或，一切都会水到渠成，某一天，所有内容自动显现。只要静待时间流淌。

证据就是，我用了几十年时间才意识到自己搞错了"比阿维沃尔"这个姓氏的拼法。

我只从热拉尔·穆拉德口中听过这个名字，我曾确信这个名字是英文的拼法。但不是的。一天下午，当我沿着河滨路朝广播大楼走去的时候，我意识到了自己的错误。

我来到一个很大的汽车修理厂前，还没到地铁轻轨和阿尔伯尼广场阶梯那里。修理厂门口，一块白色的招牌上用红字写着：

特罗卡德罗汽修厂

R. 贝阿维沃尔

专营克莱斯勒

全天候营业

这个街区我很熟悉，我吃惊于从未注意这块招牌，尤其是这个姓氏：贝阿维沃尔[①]。也许得等一段时间，才能让这些字母和名字显现出来，就像诺埃尔·列斐伏尔记事本空白页上的字。这种想法让我获得了安慰，就算您有时遗忘了什么，您人生的所有细节其实都用隐形墨水写在某处。

我看见在玻璃隔断的另一边，一个男人坐在金属办公桌后，低着头，看起来是在查阅一份材料。我敲敲玻璃。他朝我的方向抬起头来，示意我进去。

我站在他面前。一个五十多岁的男人，白色的头发剪成平头，脸上透出某种青春活力，可能是因为他的目光、光洁的古铜色皮肤与他的白发形成了鲜明的对比。

"先生，您需要什么？"

他的声音也显年轻，略带巴黎口音。

"您就是罗杰·贝阿维沃尔？"

"我就是。"

[①] 主人公之前一直以为这个姓氏是英语里的"Behavior"，但招牌上写的是法语"Béavioure"，于是姓氏的读音也从"比阿维沃尔"变成"贝阿维沃尔"。

"我只是想问点事……"

他穿着一件海蓝色帆布上衣和一件黄色针织短袖运动衫,这让他看上去很运动。

"洗耳恭听……"

他对我微笑,这笑容应该就是他年轻时的笑容。我怕当我直击主题时,这笑容会突然僵住。

"是因为您的姓……"

"我的姓?"

他皱起眉头,笑容不见了。

"我想,很久以前,您认识我的一些朋友……"

我感到这句话略显鲁莽,但我用了很柔和的声音。

"一些朋友?什么朋友?"

"一个女孩,叫诺埃尔·列斐伏尔,和一个男孩,名叫热拉尔·穆拉德。我和您谈的是一个遥远的年代……我想我们年龄相仿……"

我竭尽全力好好解释,以换取他的信任,而且努力用了无所谓的语调。但我依然感到一丝担忧。

他的目光黯淡下去,他沉默着。我不知道是否刚刚的那些话让他感到不舒服了,又或者他在努力回忆。

"您能再说一遍这些名字吗?"

"热拉尔·穆拉德和诺埃尔·列斐伏尔。诺埃尔·列斐伏尔忽然失踪了。我知道她曾和一个叫罗杰·贝阿维沃尔的人共同生活……"

"关于第一个名字，我什么也想不起来。但我认识一个女孩，叫诺埃尔。这已经是非常久远的事了，先生……"

"我猜是同一个人……"我对他说，"那时她住在沃日拉街。"

"不。是我住在沃日拉街，她，她住在公会路。"

他短促地点了下头，好像想要结束这个谈话。

"诺埃尔·列斐伏尔后来怎样了，您再也没有消息了？"

"没有。"

他盯着我看。好像在组织语言。

"您说她失踪了。但她只是离开巴黎了，如果我记得没错的话。"

他办公桌上的电话就在那时响了起来。他拿起听筒。

"我和一个顾客在一起……你可以过来找我……"

他挂了电话。

"您瞧，先生，人生中的某些阶段，我们并不想回忆……再说，我们终究会忘记……这样很好……我的年轻时代很艰难……"

他一直在笑，但这笑容有点僵硬。

"我懂,"我对他说,"我也是,我的年轻时代也不好过。我们认识同一个人。这并非偶然……"

"这完全是个巧合,先生。"

他的语调远没有刚才那么亲切了。

"您和我谈起的年代已经非常久远了……而且她是我认识时间很短的人……才认识三个月……那么,还能跟您说些什么呢?"

他也许是诚恳的。三个月,在一生中不算什么。这么多年过去了,诺埃尔·列斐伏尔对他来说只不过是用光线暗淡的胶片拍成的电影中的一个配角,那么多的我们甚至没看清脸的配角中的一个,只有侧脸和背影,留在后景中。

"我完全理解……我很抱歉打扰了您。"

他似乎有些惊讶,因为我说的话,还有话中悲伤的语气。我感觉他想要为我做些努力。职业习惯?无论如何,我是一位顾客,就像他在电话里说的那样。

"但您为什么想要找到她?诺埃尔对您来说很重要?"

他第一次说出她的名字,就像在谈论一个很亲近的人。

"我只是想知道她为什么失踪了。"

正在这时,一位女士走进了办公室,红棕色的头发,穿一件鹿皮上衣和一条米色的裤子,比贝阿维沃尔要年轻二十多岁。她微微点头跟我打招呼。

"你还要很久吗?"

"不会,"贝阿维沃尔表情尴尬地说,"我们刚才在聊车子,和这位先生。他是个行家。"

他转向我。

"我妻子。"

她心不在焉地看了我一眼。

"我会尽可能帮您找到这辆车,先生,"贝阿维沃尔对我说,同时拉着我的胳膊,把我引向办公室的玻璃门,"当然,克莱斯勒勇士已经不再销售了。但我觉得有希望找到。"

我们俩走到外面,来到河边。他凑过来对我说话。

"刚才,您说过'穆拉德'这个姓……是的,我应该认识一个姓这个的人……"

看来他打算信任我。

"他在我那儿住过一段时间……沃日拉路……这人有点儿精神失常……满嘴跑火车……有一次他甚至去警察局自首,说自己杀了人……"

这些词句被他道出,节奏越来越快,生怕被人打断。

"我还能再跟您说些诺埃尔的什么事呢?我也不知道……"

他担忧地朝修车厂方向看了一眼。也许他是害怕妻子过来。

"我认识诺埃尔是在她刚到巴黎的时候……她从外省来……某个我不知道的山区……她和一个比她年纪大的男人结过婚……那时候我还年轻,令我吃惊的是这家伙有一辆美国敞篷车……您知道是什么牌子的吗?一辆克莱斯勒。"

他朝我伸出手。

"先生,再见……我不愿再想起这段时间……我已经成功脱身了……但好险……"

我走上阿尔伯尼的台阶,向地铁站走去。我还是太天真,以为贝阿维沃尔会告诉我所有关于诺埃尔·列斐伏尔的事,好让我弄明白自己为什么长久以来对她那么感兴趣。最终,我相信自己是在找寻生命中缺失的一环。

我没有坐地铁,走了泉水巷,这里正是能让我回忆起一些人生片段的地方。长久以来,我确信,沿着这条小路,在不确定的某一天,我曾与我认识的某些人擦身而过。右边,那些窗户,人们永远弄不清是哪幢楼的,也不知道这些楼的通车大门在哪里。只要敲敲窗玻璃,就会探出一张脸,可能已经三十年没见了,抑或甚至你已经忘了——但这张脸并未改变。你常常在想，其中的好几个人怎么样了，但他们依旧在那里，在一楼的这些房间里，避开了时间。他们会为你打开窗。和往常一样，路上寂静无人。左边，有一堵围墙，后面应该是一个公园或者森林的边缘。远处，小巷的尽头，一个人影正在下坡，我们会擦肩而过。诺埃尔·列斐伏尔？我想起河滨路上的招牌和那些红字，"特罗卡德罗修车厂。R.贝阿维沃尔。专营克莱斯勒。全天候营业"，我想笑。永远不应相信证人。他们对于自以为认识的人所做的证词并不准确，大多数时候，他们只会模糊线索。失踪人生的线索，就在这一片迷雾背后。想到那人留下的那些自相矛盾的线索，你就会问：怎样区分真伪？至于自己，我们会认识自己更久吗？如果我的判断依据是我自己的谎言和疏漏，或不经意的遗忘？

那个人影近了，牵着一个小男孩。当他们从我身边经过时，我几乎要过去问，她是不是叫诺埃尔·列斐伏尔。但她知道吗？或者她忘记了。我禁不住目送着他们远去，消失在泉水巷的入口处。

这个调查也许会让人以为我在这上面花了很多时间——已经一百页了——但并非如此。如果把我混乱无序地提到的片断接起来，也就刚好一整天。三十年中的一整天意味着什么？从于特派我去留局自取邮局的那个春天算起，直至我和罗杰·贝阿维沃尔（而不是比阿维沃尔）的对话，三十年过去了。总之，三十年间，诺埃尔·列斐伏尔只在我的脑海中占据过一天。

这个念头只要偶尔出现几个小时，甚至几分钟，她就能保持重要性。在我笔直的人生轨迹中，她始终是一个没有答案的问题。如果我继续写这本书，也只是希望，也许，在幻想中找到一个答案。我问自己：真的必须找到一个答案吗？我怕一旦找到所有的答案，人生就会像陷阱一样把你深锁其中，耳边只剩下监狱钥匙的声音。在自己周围留下可供逃离的模糊地带不是更好吗？

为了让档案尽可能完整，我还得提起一个很短的片段，短到我事后对它产生怀疑，怀疑它的真实性，我不停地问自己，这是不是梦。

那是在六月间，大约晚上十一点，在布兰奇广场的一家药店里。两个男人排在我前面，其中矮一点的那位递给店员一个处方。中等身材那位撑在另一个的肩膀上，好像站不住一样。尽管他很胖，头发染成突兀的金色，但是他在十五年前是褐色头发，我想我认出了热拉尔·穆拉德。他穿着一件条纹的短袖针织运动衫。当我站到他旁边时，想法得到了印证。他的脸和以前几乎一样，除了脸颊胖了。我和他对视了一下。

当他们走出药店时，那个我认出来是热拉尔·穆拉德的人一直靠在另一个人的肩膀上，我紧跟他们的脚步。

他们走在克利希大街中央的分车带上。我追上了他们。

"不好意思……您是热拉尔·穆拉德吗？"

他没听见。另一个人转向我。

"什么事，先生？"

他褐色头发，相当年轻，眼睛是黑色的，忧虑，有所保留。

他拦在穆拉德和我之间，仿佛他是个保镖，要保护他。

"这位先生是热拉尔·穆拉德吗？"

"不是。您认错人了。"

穆拉德站在后面，眼神看向我，透着冷漠。

"福尔科，什么事？"他用相当柔和的声音问道。

"没什么，"褐色头发的小个子说，"这位先生把您当做另一个人了。"

"啊是吗……他把我当成别人了？"

他绽露一丝微笑。

"这位先生叫安德烈·韦尔内，不是热拉尔·穆拉德。"褐色头发的小个子果断答道。

"问问他是否记得诺埃尔·列斐伏尔……"

他轻声在穆拉德耳边说了几句，他摇了摇头。然后，褐色头发小个子靠近我。

"他完全不记得这个人。"

穆拉德（或韦尔内）又靠上那个人的肩膀，缓慢地向一辆停在中央分车带边的灰色大众汽车走去。褐色头发的小个子打开车门，帮穆拉德（或韦尔内）坐进前座。我远远地看着他们。

叫福尔科的那个人开车，汽车从我面前经过，朝皮嘉尔区方向驶去，我看着它永远地消失了。我也许应该注意一下车牌号码和字母。

我收到雅克·B.,也就是"侯爵"的一封信,大概是我们在黎世留-德鲁奥路口相遇的几周后。信上没写日期,但这不重要。我从未遵循过时间顺序。它对我来说并不存在。现在和过去近乎透明地混在一起,我年轻时所经历的每一个瞬间对我来说总在永恒的现在,与一切都不相干。

雅克·B.,也就是"侯爵"写道:

我亲爱的让,

我们见面时,我让你告诉我你所知道的这个诺埃尔·列斐伏尔周边熟人的名字。我记了下来,想着我也许可以找到一些材料助你调查。

你提到某个叫热拉尔·穆拉德的人。我发现在我们报社存档的旧报纸中有一篇关于他的小文章,是五年前的。社会新闻——我的专长。一桩怪异的社会新闻,没有后续,因为在接下来的几年里,这个"案子"完全没被提及,一个也许已经被归档的"案子"……

雅克·B.把文章的复印件随信寄给了我：

一位戏剧演员杀死一名看守
已被监禁

周四耶稣升天节，家住卡尔诺路26号迈松阿尔福的安德烈·韦尔内，别名热拉尔·穆拉德，戏剧演员，被奥斯特里兹火车站警察分局逮捕：他自称刚刚在拉塞路杀死一人。

犯罪事实确凿，被告预谋杀人。对安德烈·韦尔内的审讯刚刚结束，在场的有他的律师米·玛利亚尼，审讯由调查官马尔基泽先生主导。

被告讲述了他荒诞离奇的经历。

5月11日，他因一普通事由（雅克·B.画出了这几个字，并用圆珠笔加注："但是何事由？"）来到贝朗热路19号，不久来了六个人，抢夺了他随身携带的证件、钱和首饰。（雅克·B.用圆珠笔加注"为何有首饰？"）四天后，他被带到拉塞路，17日至18日夜间，看守他的只有两人，随后只剩一人，他成功制服看守，甚至在打斗过程中将其杀死。

雅克·B.的信里继续说到这个话题：

我猜这个穆拉德肯定已经放弃演戏了……也许他在迈松阿尔福留下了线索？

关于桑丘·列斐伏尔，我通过在阿讷西的可靠来源拿到了一些资料。

他的真实姓名是塞尔日·塞尔沃兹-列斐伏尔，人称"桑丘·列斐伏尔"，1932年9月6日出生于阿讷西。青少年时期在阿讷西和梅杰夫的不同酒店工作过。在梅杰夫，他遇到了一个叫乔治·布莱诺斯的人，成为他的秘书，之后又成为他的合伙人。这个布莱诺斯在布鲁塞尔和日内瓦有多家电影院，他还有一家公司，掌控着巴黎的两家商业机构，格尔奈尔河滨路71号（15区）的海员舞厅以及马尔博夫路26号—罗伯特-埃蒂安路2号（8区）的快帆饭店。桑丘·列斐伏尔对这些生意很感兴趣。

他可能在瑞士和罗马都生活过。

1962年8月4日，他从瑞士入境时被逮捕，车后备厢里有一幅亨利·马蒂斯的画，这幅画属于夏洛特·文德兰德夫人（韦尔苏瓦-日内瓦），她应该是托他去卖。在我们看到的他的部分出生证明上，没有任何婚姻记录。

然而，1963 或 1964 年夏天，在阿讷西，人们见他和一个年轻女孩在一起，她的确叫诺埃尔，他总给别人介绍这是他妻子。我询问了几位比我们年长的朋友，你可能也记得（克洛德·布朗、波罗·埃尔维、居依·皮罗塔兹），他们确认了这件事。但关于这个女孩，他们什么都不知道，也不晓得我们可以去问谁。他们说，看起来，她是这个地区的。1963 年或 1964 年夏季之后，塞尔日·塞尔沃兹-列斐伏尔，又名"桑丘"，和列斐伏尔"夫人"都没有再在阿讷西出现过。

好了，亲爱的让。谁知道呢？我以后也许还有其他信息要告诉你。现在，我为你加油。

雅克

是的，加油。尽管做了那么多努力，雅克·B.还是无法甄别"列斐伏尔夫人"的身份。还有这句"看起来，她是这个地区的"，我们还是停留在模糊地带。这个地区的边界又在哪里呢？阿讷西？尚贝里？托农莱班？日内瓦？还有克洛德·布朗、波罗·埃尔维、居依·皮罗塔兹，他们"关于这个女孩，什么都不知道"，也"不晓得我们可以去问谁……"

我把雅克·B.的这封信放进了档案。档案里已经有那么多细节了，就像森林里的条条小径，你在岔路口随意选择走这边还是那边，每次都让你更加迷失，而天也渐渐黑了。或者还留有一些少得可怜的关于某人的记忆，而他生活的其他部分，你不得而知。在这份档案中，唯一可靠的信息是什么？一张留局自取卡片上过暗的照片，一张黑白的脸，在街上应该很难辨认出来……所有我或许还能搜集到的其他细节，只会让我想到电话里越来越响的杂音。它们妨碍你去听那遥远的、呼唤你的声音。

她觉得这可能是错觉，但和从前相比，在罗马的法国人少了很多。不是指游客，而是那些她到罗马时就在这里生活了十五年以上的法国人。还有些人和她同一时间在这里定居，与她年龄相仿。但这天下午，她想起的是那些年龄更大的人，他们的名字回到她的记忆中：嘉拉，克莱索，塞尔纳，乔治·布莱哈特。还有女人们：柯蕾，安德鲁，伊莲·雷米……经常在同样的地方遇见他们，从他们法语意大利语混用的说话方式认出他们，这种混用渐渐演变成一种新的语言，一种世界语。然而，是什么神秘的原因让我们决定背井离乡来到罗马？被什么放逐？显然，所有人都擦去了他们的前半生，他们在法国度过的那一半。罗马这个城市有一种抹去时间的能力，也能清除你的过去，就像外籍军团。这些想法，她可能是从那个刚才走进斯科罗法大街画廊的男人那里得来的。男人与她年龄相仿，法国人。

她看见他停在橱窗前,看门上的招牌:"夜之加斯帕尔"。这是她的一位意大利朋友的法文别名,是他开了这家画廊,展出并收藏众多他拍摄的某一时期罗马夜生活的照片。他这两个月不在,请她代为照看"夜之加斯帕尔"。

他犹豫要不要进去,然后坚定地推开了门,如纵身跃入水中一般。他点头向她问好,然后一幅一幅地观看挂在墙上展出的照片。

她坐在一张小办公桌后。他向她走来:

"您是法国人?"

"是的。"

"您来罗马很久了?"

"一直都在。"

她说的是实话。她觉得自己出生在这里,在她到这里之前发生的事都好像是上辈子的事了,只给她留下模糊的记忆。

"是您发现了'夜之加斯帕尔'?"

他微笑着问出这个问题,略带巴黎口音。

"不。是画廊主人。从前他是摄影师,经常夜间工作。"

"非常有意思,这些照片……它们出售吗?"

"当然。还有很多其他照片没有展出,您可以在库存里看,那边……"

她指着画廊尽头的一扇小门。她忽然分不清"库存"这个词是法文还是意大利文,她已经那么久没有用法语对话了。

"我很乐意看看它们。"

他不知道再说什么了。她也沉默着。

"我想知道摄影师的名字。"

"加斯帕尔·慕聂阿尼。这是他的摄影作品集,如果您感兴趣的话。"

她递给他一本放在办公桌上的摄影作品集。

他开始翻看。罗马夜间的街道和广场,或空旷或热闹,比如,从前的威尼托大街,路边的夏季露台和熟客们,他们的名字被标注在页脚。黑白照片,有几张是霓虹般的鲜亮色彩。

"应该给这些照片配文,您不觉得吗?"

她吃惊于他看得如此用心。

"这得和摄影师说。现在他不在,但他下个月回来。"

她带着一抹讽刺的微笑看着他,因为他似乎在这些照片中越陷越深。

"他不在的时候,您负责画廊的一切?"

"是的。但客人不多。我有时隔天来。"

他继续翻看摄影作品集。

"如果您在罗马很久了,我猜您认识所有这些被拍摄下来的人吧?"

他给她看了其中的两页,上面是不同人物的黑白照片,夜晚摄于威尼托大街——说明文字如是标注。

他凑近她,举着翻开的摄影作品集,以便她能看清这两页。

"是的。这些人我都面熟。这是我刚到罗马的时候。大多数人已经去世了。"

老实说,她从未翻看过这本摄影作品集。那些挂在墙上展出的照片,她应该只心不在焉地看过一次。

"您呢,"她问道,"您住在罗马?"

和她年纪相仿的法国人中,有一位来到这个城市并彻底在这里安了家?他们中的很多人还健在。

"不。我只待几天,为我将要写的一个研究做些调查。"

"您是教授?"

"如果您那么认为,就是吧。教授。"

他合上了作品集,把它拿在手中。

"我能借走这本作品集吗?"

"很乐意。"

他说话的方式和动作让她突然感到自己曾在哪里见

过他。

"您经常来罗马?"

"不。从没来过。我住在巴黎。"

她搞错了。然而更仔细地观察他,他有可能住罗马。何以断定?她不知道如何解释。也许是眼神,还有音色。

"如果您明天在,我明天来还作品集。我可能还会向您打听在罗马的生活。"

为什么是在罗马的生活?她选择了不立即问出这个问题。

"明天还是这个时间来吧。我早上都不在。"

他轻轻在身后关上了玻璃门。她觉得他拿作品集的样子就像小学生拿着书包。

这天晚上，空气不像平时那么灼热。已经入秋。离开画廊的时候，她决定走路去弗拉米尼亚大街，会一个朋友。她比约定的时间早到了很多，于是可以绕道走一条唤起她回忆的路，回想初到罗马的那些日子。她试着记住那些路和广场的名字，但总是忘记，每次，都以迷路而告终。

那么，他在找关于"在罗马的生活"的信息……但他是什么意思呢？她随心所欲地逛了一阵，察觉自己正沿着共和广场的拱廊往前走，吃惊于自己已经走了那么远，像是一路梦游着过来，刚刚才清醒。她现在已经非常熟悉这座城市，再也不会迷路了，她为此感到遗憾。

这里，对于她来说不会再有任何新鲜事了，又一天，她闭着眼睛都能从一个地点走到另一个地点。只需数着步数就行了，从夜之加斯帕尔画廊走到波波洛广场总是同样的步数。

如果仔细想想，也许这就是"在罗马的生活"：节拍器均匀而永恒的滴答声，无用的滴答声，而时间永远停驻。

她来到威尼托大街路口，她在想，从画廊出来，她想信步走来的地方不就是这里吗，或者更确切地说，让双脚带她来的地方不就是这里吗？一个她初到罗马所住的街区，她很熟悉的街区。人行道上摆满了咖啡馆的露天座位，那个时候还都撑着五颜六色的太阳伞。然后，一晃好多年过去了，这条街越来越安静，估计年轻人更偏爱其他街区。抑或，那些夏天坐在咖啡馆露台的人，那些在敞篷车里缓慢开过去找伴消磨夜晚的人，一个接着一个去世了。

夜色降临。她沿大街而上，光线比平时更暗。停电？至少路灯在这昼夜交替之时还没有点亮。她路过巴黎咖啡馆。店里打烊。铁栅栏和锁挡在门前，栅栏后面，入口的台阶上，堆着一些旧纸张、报纸、信、广告传单、空塑料瓶，像是很久都没人跨进这个门槛了。再高一点，右侧，精益酒店一大片黑漆漆的房间。唯一透出灯光的窗口在最高一层。更远处，多尼茶吧的门面也没亮灯。

她在街上没看见任何人。应该让夜之加斯帕尔来拍下此时此刻空旷无人的威尼托大街，这张照片要放在他作品集的最后。它会和之前的作品形成对比，这样人们就能感觉到时光流逝。她打算下次见他的时候跟他说。

时光流逝。她总是活在当下，以至于她人生的过程布满记忆的空洞。她不知道这是遗忘，还是她在避免想起自己人生中的各种事件。她有一个去了美洲的儿子。她有没有后悔没成家？但家到底是什么呢？她出生在一座村庄里，一个家庭里，然而她还是回答不了这个问题。

她的人生从此成为一个长长的，过于冗长的故事，如果她信任某一个人，就会把人生讲给他听。但会是谁呢？又是为什么？于是她只剩下带着参照点的现在，几个固定的、无法撼动的画面：她从窗口望见的毕达哥拉广场的松树，每年秋天台伯河滨路上梧桐的枯叶。

再说，在这个我们称作永恒之城的地方，真的存在时光流逝吗？当然，这些年来，人们消失，灯光熄灭，寂静笼罩在那些我们曾经习惯听到嘈杂谈话声和大笑声的地方。尽管如此，空气中还存留着永恒的底色。这就是她明天可以告诉他的，这个想要打听"在罗马的生活"的男人。但她还能找到这些词吗？让他明白她来到罗马生活后的思想状态，最简单的方法是给他背一首诗，唯一一首她能勉强记住的诗：

　　天空，在屋顶之上，

　　蔚蓝，宁静！

　　一棵树，在屋顶之上，

摇曳着它的棕榈叶。

这个想法让她笑出声来，她觉得笑声回荡在整条空旷的大街。

很久以前，上个世纪了，她把这首诗抄在一个记事本上。那是她在巴黎生活的非常短暂的一段时间，只有几个月，那段时间渐渐从她的记忆中消失。几个月变成几个小时，就像是两趟火车之间她在候车大厅里度过的时间。她记不得任何面容，甚至她曾住过的路名。火车开得太快，让她来不及看清站牌上车站的名字。如果她能保留那个记事本——她人生中唯一用过的一本，又如果她今天翻看那个记事本，约会、地点、名字，还能让她想起什么吗？她不确定。有人偷走了那个记事本：一个大个子，她忘记了他的脸和名字，她是在一个咖啡馆里，和那人的一位朋友在一起时认识了他。他们都住在她那个街区，见了好几次，但这就像跟两位你不知道姓名的邻居说了些永远被遗忘在时光中的话一样，完全不重要。

高个子的家伙，闹着玩儿，拿了她的记事本还不愿还她，她刚刚在里面记下了一个约会。然后，她出发来了罗马，没有拿回那个记事本。两个琐碎的细节留在了她的记忆中：那个她记不清长相又忘了名字的人穿着压花布料的衬衫，外面套了件羊毛翻皮外套。他在上戏剧课。经常和他在一起的那个朋友，对她来说也是个记不清长相又忘了姓名的人。她唯一记得的关于他的事是他在一个搬家公司工作。

她来到奥罗拉大街路口，马龙派教堂附近。每次她走过这里都会感到心头微微一紧。当年十九岁的她，每每度过不眠之夜，总会在奥罗拉大街停留。路口，一堵高墙上方应该有个花园，属于奥罗拉赌场的花园。夏天，早上六点左右，这堵墙上满是斑驳的光线。一张桌子和一张椅子总是放在人行道上，靠着墙角。她常常坐在那里，沐浴着阳光，早晨的阳光尚且柔和。这些年来，甚至今晚，她周围的一切都昏黄黯淡，她觉得这缕阳光从未离开过她，现在它像一缕北方的晨曦环抱着她。

更远一点，露琪亚诺·帕多番的英国商店的橱窗上贴着一张海报，上面的日期是去年十月。是寻狗启事，贴着一张狗的照片，狗在弗拉尼米奥广场街区走失。她读了整段启事：

小型母狗一只，格雷塔，十月十七日走失在吉昂·多米尼克·罗马尼奥西大街。请致电：意大利环球电影063611377。小狗戴红色项圈。猎獾犬，短毛。

她从没注意过这则寻狗启事,它应该也张贴在附近的其他路上。读完启事,她想到了那个法国人,借走夜之加斯帕尔摄影作品集的那个法国人。她也不知道为什么,但她想象着他有一只狗。

"这本作品集,非常有趣……"

他拿着作品集,坐在她口中那个"库房"的红沙发里。这是画廊延伸部分隔出的房间,半开的玻璃门外是一个洒满阳光的院子。她自己坐在他对面的皮沙发里。

"我越来越坚信,得写上一段小文……"

她没敢问他夜之加斯帕尔的照片得配上什么样的文字。这些照片展示的是她熟悉的地方和人,在某种意义上,这是她每日生活的一部分,她感觉那么熟悉,以至于在她看来"文字"有点多余。

"您对罗马很感兴趣,如果我没猜错的话?"

她禁不住露出讽刺的微笑。

"非常感兴趣。但对于像您这样在这里住了很久的人来说,这应该纯粹属于游客的好奇心……"

这正好就是她想给他的回答。那么他们之间存在着某种默契。

"这座城市是如此不同于巴黎……"

为了不冷场,她想也没想就说出了这句话。

"您曾在巴黎住过?"

"哦……只住了几个月……很久以前。说起这个有点不好意思,但关于巴黎,我几乎什么也不记得了……"

"真的吗?"

他突然显得失望,因为她几乎没有残存多少记忆,或者因为她表现得那么漫不经心,那么轻率。

"不知您是否意识到,我说法语带着意大利语口音……经常对说法语感到困难……"

"我很抱歉让您不得不费这个劲。"

他,他带着巴黎口音,说着非常讲究的法语。

"我对二十世纪来罗马定居的法国人和所有外国人都很感兴趣。我觉得这方面可以写一本书。"

"那么,您是历史学教授?"

"正是。我是历史学教授……"

他这么说的时候带着一种自嘲的神情,看起来他也不愿再给出更多关于自己职业的信息了。但她觉得无妨。在罗马,人们从来不会冒失地问刚认识的人关于他职业或私生活的问题。人们心照不宣地接受一切,好像他们一直是熟人。一切都靠猜,什么也不问。

"那么,夜之加斯帕尔的摄影作品集,您真的喜欢?"

她不太知道怎样继续话题。他像是在思考什么令他困扰的事。或者是在尽力组织好句子来问她问题。

"我非常喜欢。我认出了照片上的一些人。但无论如何,您应该更了解他们。"

他缓慢翻动着作品集,跟他昨天的动作一样。她在想他是否还要翻很久。看起来,他忘记了她的存在。他停在一页上。

"这儿有一个被拍下来的人,他有一个法语名字……但我实在认不出来这是谁……"

他指着一张三个人坐在咖啡馆露台桌边的照片给她看。一张黑白照片,如果看他们的着装,一些海滩装束,照片应该拍摄于一个夏夜。下面的说明文字写道:"从左到右:杜乔·斯塔德里尼,桑丘·列斐伏尔和乔治·科斯塔"。

她凑过来看照片。

"您感兴趣的是哪位?"

"中间,有法国姓氏的那位……桑丘·列斐伏尔……"

她待在那儿,看着照片,一言不发。她不知道自己到底是犹豫要不要回答,还是看着这些脸什么也没想起来,好像被一阵突如其来的健忘症袭击了。

"桑丘·列斐伏尔？是的，这是一个法国人……他实际上不叫桑丘，而是塞尔日……"

"您认识他？"

"有点认识。我十九岁刚到罗马时认识的。"

很有意思，第一眼看这张照片，她没有认出他来：他的头发和皮肤的颜色比其他两个都要深，三人中唯独他不笑。然后，灵光乍现：她变回了认识桑丘·列斐伏尔的那个年轻女孩，她认识塞尔日，别名桑丘·列斐伏尔。但仅只几秒钟。照片又回到第一眼见的样子，一个从此距离她如此遥远的人……

"您知道他从事什么职业吗？为什么他在罗马？"

"我从不想这种问题。我只偶尔碰到他，就像大多数生活在这里的法国人一样。"

她不想深入细节。再说，细节也模糊不清了。更加粗糙了。遗忘给这一切罩上了一层白色的，光滑的，雪。

"昨天，您说想要了解一些关于罗马的情况……什么样的情况呢？"

她斟酌着用词。她感觉自己完全不会说法语了。那些句子不再能脱口而出，她得要努力地想想。

"这很难……在罗马，渐渐地，一切都会被遗忘……"

是的，她在哪里读到过这个想法。一本侦探小说里，还是一本杂志里？罗马是遗忘之城。

她一下子从皮沙发里站起来。

"您不想去外面走走？库房里有点闷……"

他显得很吃惊。可能是因为"库房"这个词。她又一次问自己，这个词在法语中是否存在。

他们沿着斯科罗法大街肩并肩地往前走，他一直拿着作品集。

"一整天待在画廊里，对您来说应该挺无聊的……"

"哦，您知道，我每天只去两小时……"

"您住在这个街区？"

"离这儿不远。您呢，您下榻在酒店？"

"是的。波波洛广场旁的一家酒店。"

对话变得乏味而闲适。只要简单问答就行。仍有些事烦扰着他。

"为什么您会对桑丘·列斐伏尔感兴趣？"

她已经有多少年没有把这个名字说出口了？可能有一个世纪了。她感到有些不自在。

"一个在巴黎的人在一次谈话中提到过这个姓名……桑丘这个名字让我印象深刻……"

他转过来看她，冲她笑了笑，像是为了让她放心。让她放心？她可能误解了这个微笑。

"是的……某个人好像，很久以前，认识这个桑丘·列斐伏尔……"

他在人行道中央停了下来，好像要跟她说很重要的事。

"有时候我们会置身于一个地方，人很多，大多数不认识……我们只能听他们聊天，别无他法……"

她并没有真正听懂这些话，却点头表示认可。

"就是在此类碰巧听到的对话中，我听到了桑丘·列斐伏尔的名字……就这么简单……然后我在您的作品集里找到了他的照片……"

他挽着她的胳膊，继续往前走。他们到了波波洛广场。

"在对话中聊到桑丘·列斐伏尔的是个褐色头发、相当年长的男人，可能是希腊人或者南美人……"

她好奇地打量着他，轮到她笑了起来。

"但您跟我说的这些，真像一部小说……"

"是的，如您所说……一部小说……这个人，显然，曾经是桑丘·列斐伏尔的朋友……他叫布莱诺斯，乔治·布莱诺斯……"

这一次，是她在广场中央停了下来。布莱诺斯。这个姓她已经忘记了几十年，再也没有从任何人口中听到过。这就是为什么这个从虚空中冒出的姓氏带着某种冲击力。

但她无法给这个名字匹配脸孔,好像"布莱-诺斯"这两个音节向她射来一道耀眼的光。

"您脸色苍白……一定是走累了……我感觉我讲这个故事让您厌烦了……"

"一点儿也不……我们可以找个地方坐下。"

她刚才感到轻微的头晕,但好多了。"布莱诺斯"这个姓氏从今往后对她来说只是越来越微弱的闪烁光点,当我们离岸时灯塔的光。

这个布莱诺斯,如果他还活着,现在几岁了?一百岁?她想问他这个问题,因为他说见过他。"他可能是希腊人或南美人"……至于样貌,她只记得他黑色的往后梳的头发。还有黑眼睛。

他们并排坐在罗萨蒂咖啡馆的露台上。

"不……我从没听说过这个布莱诺斯……在罗马也不认识叫这个名字的人……"

她很遗憾说了谎。为什么不跟他说实话呢?如果说这人对她来说已然面目模糊,他名字特别的发音倒是让她想起了一些东西。她突然想到了那两个年轻人,一男一女,人们在五十年后发现他们的尸体被完好地保存在冰川中,就在上萨瓦省她出生的那个村庄附近。一些记忆也被埋藏在冰川里，只要提起"布莱诺斯"这个名字，它们就蠢蠢欲动，却因为时间的缘故，不那么清晰了。因此她思索着，她是在认识桑丘·列斐伏尔之前就认识了布莱诺斯，抑或是桑丘·列斐伏尔介绍她认识了布莱诺斯。她觉得好像应该是一年夏天，在芒通-圣-贝尔纳的大酒店认识了他们，她当时在那儿工作。无论如何，是桑丘·列斐伏尔说服她离开"她的外省"，他就是那么说的，他自己几年前也是那么做的。正是在那个夏天，她决定改名。但为什么她选了诺埃尔？

她想起了索洛涅的一个类似小城堡的地方——"布莱诺斯在索洛涅的城堡"，桑丘·列斐伏尔经常这样说，那种重复就像一首法文老歌的副歌部分，说的时候还带着嘲讽布莱诺斯的神情，那个"城堡"，她在那里和桑丘·列斐伏尔还有布莱诺斯一起度过了好几周。

"其实，我觉得您现在正在写一部小说……因为您对这些名字古怪的人感兴趣……"

她努力用愉快的语调说话，但感觉并不自在。这些记忆第一次回访她，这种方式就像一个敲诈勒索者，你确信他已经很久都找不到你的踪迹了，可是一天晚上，他又来轻轻地敲你的门。

"是的，您说得对……一部小说……"

他耸耸肩，朝她微微一笑。

"有人跟我说起过一位法国女人,在罗马生活……很久以前,有人曾经给她起过一个绰号……'阿尔卑斯牧羊女'……您记得吗?"

"不记得。"

"是什么让您最终决定在罗马生活?"

"巧合。"

她找不到别的词。她从来没有问过自己这个问题,但因为这些突然从阴影里冒出来的名字,桑丘·列斐伏尔、布莱诺斯,她回看过去,思考自己当时的精神状态。好吧,单纯是逃离,逃离是当时她的生活方式。首先是逃离她的出生地。然后逃离塞尔日,别名桑丘·列斐伏尔,就在他们相识不久并和他在罗马生活之后。藏身巴黎。塞尔日,也就是桑丘·列斐伏尔,又找到了她,又一次带她一起逃到罗马。她在他去世以后继续留在这个城市,这就是最终的逃离。无尽的逃离。

"是的,巧合。只是巧合……"

毕竟,她没有任何理由把心底的秘密告诉他。得更了解他才行。

"您不久就要回巴黎吗?"

"不马上回。"

"当心。如果我们在罗马待太长时间，很可能会永远留下。"

回到了无足轻重的话题上，她松了口气。桑丘·列斐伏尔和布莱诺斯的阴影散去。但过了没多久，她感到局促不安。为什么他暗示这两个人？他们和她生命中某一时期都有关系——一段如此遥远，连她自己都不再去想的时期。一本摄影作品集里几百张照片中的一张，一个幽灵说出的名字，一个夜晚，在一场对话的嘈杂声中，一些如此模糊的细节怎么会引起他的注意？对他来说，她应该不完全是个陌生人，有人应该和他谈起过她。否则，如何解释这些巧合呢？她决心问问他。

她转向他。他正凝视着广场、双子教堂和方尖碑。夜幕降临，咖啡馆要打烊了。然而，他们都觉得继续待在这里很正常：一直到什么时候呢？他们并排坐着，然而，在咖啡馆的露台上，人们似乎更喜欢面对面坐。她看着他的侧脸，突然，这个侧脸让她想起了某人。她听说看侧脸比看正脸更容易认出一个人，这一次，她相信她的记忆。她最后一定会发现这个侧脸是谁的。还有，并排坐着是一件令人尴尬的事，好像他们是在坐火车或坐大巴旅行。

"您住在巴黎的哪个区？"

"我一直住在第 15 区。"

她思索着自己是不是遇见过他，那一时期，她认识那个穿翻皮上衣的褐色头发高个子和那个在搬家公司工作的人。但她想不起他们的名字了。另外，是不是在 15 区呢？

"一个变化很大的街区……"

"和罗马相反。这儿，什么都永恒不变……这个广场永远都这样……"

"您很熟悉 15 区？"

他直视她的双眼，带着少见的坚决。

"我不觉得。"

"我可以给您列一个清单，把近年来那边所有的变化都写下来……"

不只是侧脸，还有眼神，让她想起某个人。

"他们把河滨路所有的建筑都拆了……甚至海员舞厅……"

他耸耸肩，用一种更低的，几乎窃窃私语的声音说道：

"还有留局自取邮局，在公会路上的那家……"

他笑了。仿佛他给她背完了一首诗，有点像桑丘·列斐伏尔一再重复的副歌："布莱诺斯在索洛涅的城堡……"

又一次，她感觉自己和他并肩在一节火车车厢里旅行。或者在一辆大巴里。

她陪他回酒店，酒店在一条从波波洛广场直通台伯河的路上。

"如果您愿意，明天我们可以共进晚餐。"

"我很乐意。"

"同一时间，画廊见。"

"我留着夜之加斯帕尔作品集。"

她沿着弗拉米尼亚大街走回家。空无一人。她完全不知道时间。如果还有车的话，她倒是挺乐意乘坐夜间有轨电车。

记忆的碎片纷乱而至，它们属于她人生的同一时期。树荫里的一座小房子，索洛涅的布莱诺斯的城堡旁。一楼的房间有着深色的木质装饰。她的房间在二楼。一个男人来维耶尔宗车站接她，某个叫保罗的人，桑丘·列斐伏尔说他有"幸运的豁口门牙"。她在布莱诺斯的城堡里又见到了桑丘·列斐伏尔。然后,没过多久,他们俩开车离开。索洛涅,阿讷西,瑞士,罗马。或者是阿讷西,蓝色海岸,罗马。她忘了他们是从万蒂米尔还是从瑞士跨越了意大利边境。回到罗马后,她就再也没有离开这座城市。她第一次来到这里是十一月……下着雨。一直到品奇阿纳门,整条大街都是那么空旷和昏暗,就像一条被夏日度假者抛弃的海边步道。但她一直重复着她在哪里听来的这句话:美好的季节即将来临。

这是第一次,她费了那么大劲去回忆。然后,突然,帷幕被撕开,更久远的记忆缓慢泛起,关于一片雪景,她童年的风景,远在她改名字之前。她不再是在桑丘·列斐伏尔的汽车里,那辆载着她从索洛涅到意大利的汽车,而是在一辆大巴里,就是人们在阿讷西火车站广场坐的那种。大巴停靠在一幢表面由木板拼接而成的建筑前——一家破败的酒店,样貌如一座老旧木屋,她想着,谁会住这儿呢?

冬季大巴和夏季大巴。冬天,一大早就得去等车,车灯的黄色光线照亮了雪地。从村庄一直开到阿讷西。停在火车站广场,酒店前面。一楼,一家咖啡馆还开着,几个客人还在吧台,夜里最后几位顾客。

周日晚上的大巴。从阿讷西一直开到村庄,中间停好几站，好像这些周日晚上总是在冬天。更多人坐大巴。经常没有座位。

夏季大巴。她会在阿讷西火车站广场上车，大约晚上六点，她下班后。车子开过阿尔比尼大街，沿着湖行驶。车窗后面，她隐约闻到假日的气息和防晒乳液的芬芳。过了紧靠网球场的大道就能看见皇家酒店的正面，它挡住了海滩。不一会儿，车子左转开上一条有坡度的路，向远离湖的内陆开去。每当这个时候，她总是想要逃跑。

无论冬夏，她都在同一时间搭乘大巴，也就遇见同样的人。她注意到一个与自己年龄相仿的男孩。夏季，他在阿讷西坐晚上6点的车，到韦里耶-杜-拉克下车，就在车子转弯开向内陆之前。每周日晚上，他在韦里耶-杜-拉克上车，和她一样在她居住的村口下车。

他们经常坐在最后一排座位上，肩并着肩。一天黄昏，在某一趟夏季大巴上，他们聊了天。她下班回家。但那年夏天她做的是什么工作？拱廊下一家糕点店的服务员？和其他女孩子一起被祖克罗公司雇用？这一时期，她还没有改名字。

冬天，在周日晚上的那班车里，他要回寄宿学校去。那些夜晚，他们站着，一路都紧挨在一起。他们在市政府前面的广场上分手。有好几次，她陪他沿着右边的那条小

133

路走回寄宿学校,两个人走得都很慢,怕在雪地上滑倒。人永远不会忘记当年无论冬夏都乘坐这一趟趟巴士的乘客。如果忘了,有一天,和他们再次并肩坐下,观察他们的侧脸,就足够记起他们来。

她刚才在想的就是这些。他呢,他认出她了吗?她不知道。明天,她会先开口,把一切都告诉他。